KB154040

박정희 전집 07

평설
국가와 혁명과 나

박정희전집 07

평설

국가와 혁명과 나

박정희 저

남정욱 풀어씀

박정희 탄생 100돌 기념사업 추진위원회 엮음

기파랑

박정희 전집을 펴내며

올해는 박정희 대통령이 태어나신 지 백 년이 되는 해(1917~2017)입니다.

박정희 대통령은 민족사 5천 년을 통해 거의 유일하게 사람들에게 영감을 준 리더였고 그 비전을 몸으로 실천한 겨레의 큰 공복(公僕)이었습니다. 그래서 노산 이은상 선생은 박정희 대통령을 '세종대왕과 이순신 장군을 합친 민족사의 영웅'이라 칭했을 것입니다. 그런 거인의 탄신 백 주년이 온 나라의 축제가 되지 못하고 아직도 공(功)과 과(過)를 나누어 시비하고 있으니 참으로 안타까운 일이 아닐 수 없습니다. 그러나 오늘날의 대한민국이 박정희 대통령의 비전에 의하여 설계되었고 그분의 영도력으로 인류역사에 유례없는 경제발전을 이루었다는 데 대하여는 모두가 동의하고 있다고 생각합니다. 이제 큰 것은 보지 못하고 작은 것으로 흠을 삼는 역사적 단견(短見)에서 벗어나길 간절히 바랍니다.

애국(愛國)과 애족(愛族)은 박정희 대통령의 혈맥을 타고 흐르는 신앙이었습니다. 그 신앙으로 박정희 대통령은 가난을 추방했고, 국민들에게 우리도 할 수 있다는 자신감을 심어 주었습니다. 그 결과 우리 민족은 5천 년의 지리멸렬한 역사를 끊어 내고 조국근대화와 굳건한 안보를 달성할 수 있었습니다. 민족 개조와 인간정신 혁명, 그것이 바로 박정희 정신입니다. 그 정신을 이어 가는 것이 현재를 살고 있는 우리의 사명일 것입니다.

박정희 대통령 탄신 백 주년을 맞아 그분의 저작들을 한데 모으는 작업은 역사에 대한 최소한의 예의입니다. 그것은 감사의 표현인 동시에 미래에 대한 결의이기도 합니다.

박정희 대통령은 생전에 네 권의 저서를 남겼습니다. 『우리 민족의 나갈 길』, 『국가와 혁명과 나』, 『민족의 저력』, 『민족중흥의 길』이 그것인데, 우리 민족의 역사와 가야 할 길에 대한 탁월한 예지가 돋보이는 책들입니다. 그 네 권의 초간본들을 영인본으로 만들고, 거기에 더해 박정희 대통령의 시와 일기를 모아 별도의 책으로 묶었습니다.

박정희 대통령은 다방면에 재능이 풍부한 분이셨습니다. 〈새마을 노래〉를 직접 작사, 작곡한 것은 많이 알려져 있지만, 직접 그림도 그리고 시도 썼다는 사실은 의외로 아는 사람이 많지 않습니다. 문학가가 보기에는 아쉬운 점이 있을지 모르지만 박정희 대통령의 시에 담긴 애국과 애족의 열정은 그 형식을 뛰어넘는 혼이 담겨 있다고 할 수 있습니다. 특히 아내를 잃고 쓴 사부곡(思婦曲)들은 우리에게 육영수 여사에 대한 기억과 함께 옷깃을 여미게 하는 절절함이 가득합니다.

또한 후손들이 박정희 대통령의 저작들을 쉽게 읽게 하자는 취지에서 네 권의 정치철학 저서를 일부 현대어로 다듬고 풀어 써 네 권의 '평설'로 만들었습니다. 방향을 잃고 표류하는 대한민국에 큰 지표가 되리라 생각합니다. 부족한 부분에 대한 아쉬운 마음이 없지 않으나 그나마 처음 시도된 작업이라는 사실로 위안을 삼고자 합니다. 질책 주시면 기꺼이 반영하여 더욱 완성도 높은 저작집으로 만들어 나가겠습니다.

늦게나마 박정희 대통령의 영전에 이 저작집을 바칠 수 있게 되어 기쁩니다.

이 작업은 박정희대통령기념재단 좌승희 이사장 이하 임직원 여러분의 적극적인 지원과 많은 분들의 협조가 없었더라면 결코 쉽지 않았을 일입니다. 『박정희 전집』 편집위원 여러분과 평설을 담당하신 남정욱 교수, 그리고 흔쾌히 출간을 맡아 주신 기파랑의 안병훈 사장께도 깊은 감사의 말씀을 드립니다.

박정희 대통령님! 대통령님을 우리 모두 기리오니 편안히 잠드소서.

박정희 탄생 100돌 기념사업 추진위원회

위원장 **정홍원**

풀어 쓰면서

편집에 가까웠던 『평설 우리 민족의 나갈 길(박정희 전집 6)』과 달리 이 『평설 국가와 혁명과 나(박정희 전집 7)』는 글의 순서나 분량이 원저와 거의 일치한다. 원문의 긴 문장을 여럿으로 자르고 피동태를 능동태로 바꾸고 모호한 표현을 다듬은 정도가 평설자가 한 일인데 이는 『평설 우리 민족의 나갈 길』이 있었기에 가능한 일이었다. 『평설 우리 민족의 나갈 길』을 읽어 기본 정보가 들어 있는 사람이라면(두 책 원저의 출간 간격은 1년이다) 크게 무리 없이 『평설 국가와 혁명과 나』를 읽을 수 있다.

국가

『우리 민족의 나갈 길』(1962)이 4·19 직후의 위기와 그 위기의 기원 그리고 지정학적 위치의 불리함이라는 위기의 근원과 향후 우리 민족의 나갈 길을 모색하고 있다면 『국가와 혁명과 나』(1963)는 좀더 구체적으로 사안을 파고들어 간다.

그 첫 번째는 혁명이 왜 필요하였는가에 대한 경제적 분석이다. 원조 없이는 살 수 없는 나라, 그럼에도 불구하고 원조 중단에 대한 아무 대책이 없는 나라에 대한 각종 사례와 다양한 수치들이 등장한다. 그리고 혁명정부가 1년간 달성한 제1차 경제개발계획의 결산을 통해 작지만 의미 있는 경제부흥의 궤적을 시시콜콜한 부분까지 설명한다. 일종의 대 국민 국정보고서인 셈이다. 자랑만 나오는 게 아니다. 실수한 사업들을 솔직히 시인한다. 화폐개혁의 실패, 농어촌 고리채 정리 과정에서 발생한 행정적인 실수를 그대로 털어놓는다. 사업들을 급하게 추진하다 보니 무리와 결함이 있었던 것이다. 그러나 그 무리가 알고 하느냐 모르고 하느냐의 엄청난 차이가 있다는 사실을 언급하는 것을 잊지 않는다.

경제발전에 발동이 걸린 것은 맞지만 국민들이 체감하기에는 아직 효과가 미미했다. 박 대통령이 스스로 말하고 있는 대로 경제 파국은 하루아침에 드러나지만 발전과 향상을 보는 일은 긴 시일이 필요하기 때문이다. 이 부분에 대한 박 대통령의 설명은 재미있다. "우리는 그저 못하는 것이 아니다. […] 저들[구 정치인들]이 부정하여 내리 해먹는 바람에 우리가 못살았지만 지금 우리는 집안 살림을 늘리느라고 고생을 하고 있는 것"이다(241쪽. 이하 다른 표시 없으면 쪽수는 이 책의 것임). 알고 하느냐 모르고 하느냐는 논리의 연장선 상으로 못하는 것과 고생에도 급이 있다는 얘기다.

제목에 왜 '국가'가 들어갔을까. 이유를 추정하면 이렇다. 이 책에는 여러 유형의 국가가 등장한다. 일단 1963년의 대한민국이라는 '국가'다.

뭔가 해보겠다고 발버둥을 치지만 걸음마만 겨우 뗀 상태다. 다음은 근대화를 위해 노력한 '국가'들이다. 메이지유신의 일본과 케말 파샤의 터키 그리고 나세르의 이집트가 등장한다. 다들 나름 성공한 '국가'들이다. 이어 중동과 남미의 망한 혁명들과 그 '국가'들이 나온다. 가축보다 인간이 싼 나라들이다. 이어 전쟁으로 폐허가 되었다가 어느새 경제 강국으로 우뚝 선 서독이라는 모범 사례의 '국가'도 등장한다. 라인 강의 기적은 어떻게 가능했는지, 얼마나 지독하게 아끼고 모으고 노력했는지 국민성까지 파헤쳐 가며 그 원인을 탐구한다. 책은 우리 국민들에게 어디로 갈 것인지를 묻는 것이다. 어떤 나라를 만들어야 할 것인지 사례를 제시하는 것이다. 박 대통령이 주장하는 바는 명료하다. '방향이 올바른 좋은 지도자와 땀을 아끼지 않는 국민'을 결론으로 제시하고 있다는 것을 책을 읽은 독자라면 쉽게 간파할 수 있을 것이다.

경제발전과 관련해서는 민간이 주도권을 쥐어야 하지만 당장은 기업가 정신을 가진 기업이 부족한 관계로 일부분에서는 정부가 이를 선도할 수밖에 없다는 표현이 여러 번 등장하는데 이는 시장 중심의 경제와는 분명 차이가 있다. 그러나 서구식 민주주의와 서구식 시장경제를 개발도상국에 바로 이식할 수는 없는 일이다. 박 대통령은 이런 개입을 초창기에는 '행정적 민주주의'라고 불렀고 중간에는 '민족적 민주주의'라고 명명했으며 나중에는 '한국적 민주주의'라는 이름으로 칭했다. '경제'를 살리면서 '민주'를 포기할 수 없었던 고뇌의 산물이자 타협점이었던 셈이다.

'국가'의 문제는 이 책에서 다소 과도하게 언급되는 민족주의와 연결된다. 원래 민족주의는 아슬아슬한 것이다. 어느 한계까지 잘 쓰면 성장과 발전의 동력이 되지만 선을 넘어가거나 방향이 틀어지면 파시즘으로 달려갈 수도 있고 인종주의적 폭력으로 돌변할 수도 있는 것이 민족주의다. 그 부분에 대해 박 대통령은 나름대로 균형을 잡으려고 노력했던 것 같다. 이것은 평설을 쓰는 입장에서 억지로, 우호적으로 해석한 것이 아니다. 박 대통령은 기본적으로 인류가 공생하고 화합하며 살아야 한다는 세계관을 가진 사람이다. 『국가와 혁명과 나』는 물론이고 다음 저작인 『민족의 저력』(1971)에서도 이에 대한 강조를 수차례 반복하고 있는데 이는 단지 수사(修辭)가 아니라 거의 신념 체계다. 박 대통령이 꿈꾼 세계는 모든 국가와 민족이 자유롭게 경쟁하며 평화롭게 공존하는 세상이었다.

한편 박 대통령의 민족주의는 폐쇄적인 민족주의가 아니다. 기본적으로 열려 있고 신축성이 있는 민족주의가 박 대통령의 민족주의다. 이때 결코 잊지 않는 것이 민족의 주체성이다. 미국에 대해서는 '고마운 나라지만 아닌 것은 아니라고 말해야 한다'고 설명하고, 일본에 대해서는 '마땅치는 않지만 협력해야 할 대상'임을 명확하게 밝힌다. 좋은 것은 당연히 수용해야 하고 우리 것으로 만들어야 한다는 주장을 책에서 여러 번 만날 수 있다.

박 대통령에 대해 오해를 일삼는 사람들은 『우리 민족의 나갈 길』과 『국가와 혁명과 나』에 나오는 민족 비하적인 표현을 지적한다. 그러나 이 역시 사실과 매우 다르다. 박 대통령은 회고하고 반성하고 비판하는 가운데 새로운 진보를 모색하기 위해 역사를 곱씹었을 뿐, 자학을 위한 핑계로 삼거나 아예 자학 자체의 목적으로 조선의 역사와 자유당, 민주당 시절을 난도질한 것이 아니다. 이에 대한 설명 역시 책의 본문에서 여러 번 만날 수 있고 비판에 상응하는 분량의 계승해야 할 민족의 유산들에 대해서도 여러 차례 언급하고 있다. 더구나 다음번 저작의 제목이 『민족의 저력』이다. 동일한 대상에 대해 비하와 저력이 같이 붙어 있는 이상한 그림이 과연 가능할까.

혁명

『국가와 혁명과 나』의 제4장은 '세계사에 부각된 혁명의 여러 모습'이다. 이런 혁명도 있고 저런 혁명도 있는데 우리는 어떤 혁명을 하자는 것인지 설명하기 위한 사전 안내다. 박 대통령이 제시하는 우리의 혁명은 정신적으로는 주체의식의 확립 혁명이고 사회적으로 근대화혁명인 동시에 경제적으로는 산업혁명이다. 다른 말로 민족중흥을 여는 창업 혁명이고 국가의 재건혁명이며 국민개혁 혁명이다(20쪽).

문제는 이 혁명을 어떤 방식으로 진행하고 달성할 것인가이다. 박 대통령은 자신의 방법론을 '이상(理想) 혁명'과 '조용한 개혁'으로 제시하고 있다. 박 대통령 스스로 밝히고 있는 대로 혁명은 얼마든지 무자비할 수 있었고 그랬다면 효과도 빨리 볼 수 있었을 것이다(당시 박 대통령은 얼마든지 그럴 힘도 있었고). 그러나 박 대통령은 "피를 흘리지 않고 민주주의의 원칙을 유지하면서 국민의 자각과 지성과 결의"(229쪽)에 의해 수행하는 혁명을 선택했다. 소탕과 보복이라는 정권교체의 악순환 고리를 끊어 버리고자 했기 때문이다. 이것이 조용한 개혁이다.

세계사를 조금이라도 훑어본 사람이라면 혁명과 근대화 작업이 제3공화국 수준만큼 얌전하게 진행된 사례가 거의 없다는 사실을 아실 것이다. 성공한 혁명이라고 했지만 메이지유신도 케말 파샤의 터키혁명도 나세르의 이집트혁명도 자세히 들여다보면 어마어마한 피의 기록이다.

'혁명=피'라는 공식을 박 대통령은 피하고 싶었던 것이다. 이것이 박 대통령이 조선의 무자비한 당쟁이라는 '그릇된' 유산에서 배운 교훈이었다.

『국가와 혁명과 나』에서 가장 드라마틱한 부분이 민정이양 선언, 군정 연장 국민투표 선언, 선거 보류 및 혁명세력의 민간인 신분으로의 정권 참여 발표로 이어지는 2·27성명, 3·16성명 그리고 4·8성명 이야기다. 원본에서는 순서가 약간 바뀐 부분이 있어 평설자가 시간 순서를 맞췄는데 격동의 한국정치사에서도 정말 백미라 하지 않을 수 없다. 5·16혁명으로 타격을 입기는 했지만 구체제의 저항은 만만치 않았다. 물리적 기반은 있지만 정치적 경험은 미숙한 신흥 개혁세력은 이들과 마지막 한판 승부를 벌여야 했다. 개인적으로는 이 기간의 정치투쟁이 5·16 당일의 총격전보다 훨씬 더 어렵고 피 말리는 과정이었다고 본다. 많지는 않은 분량이지만 당시 한국현대사에 대한 생생한 기록으로 이만한 것을 찾기 어렵다.

그러나 진짜 혁명은 정치가 아니라 경제에 있었다. "도둑맞은 폐가를 인수한 것 같았다"라든가 "괜히 혁명 했다" 같은 표현들은 그냥 나온 게 아니다. 혁명을 했으니 책임을 지기는 해야겠는데 사방은 죄다 막혀 도무지 출구가 보이지 않았다. 가히 난감의 절정으로 박 대통령의 육성으로 듣는 난이도는 "우리가 지상목표로 삼아 진군하는 '자주경제'는 난공불락의 요새인 것이 분명하다. 여기에 비하면 나폴레옹이 넘은 눈 덮인 알프스는 차라리 조각배가 나다니는 호수가 아닐까"(220쪽) 수준이다. 1960년대 초반 대한민국의 사는 꼴이 어느 정도였는지 혁명 이전과 이후의 발전 상황을 설명하는 내용을 통해 보자. 책의 체신 부문을 보면 전국의 우체국, 우편함, 집배용 자전거, 공중전화의 수치가 나온다. "우체국을 보면 699개소에서 983개소로, 우편함이 5,152개에서 7,868개로, 집배용 자전거가 1,814대에서 2,849대로, […] 공중전화가 627대에서 1,186대로 각각 증가하였다"(98-99쪽). 이걸 성과라고 적고 있는데 읽다 보면 헛웃음을 넘어 공포감이 밀려올 지경이다. 책의 앞부분에는 숫자와 통계가 많은데 무작정 페이지를 넘길 것이 아니라 이런 '팩트'들을 즐기다 보면 색다른 독서의 즐거움이 기다리고 있다는 사실을 알려 드린다.

나

'국가'와 '혁명'에 비해 '나'에 대한 기술은 분량 상 매우 적다. 심경을 토로하는 장에서 "지위를 바라지 않는다"라고 한마디 한 것과 3·16 군정 연장 국민투표를 발표하면서 “인간 박정희에게 사심이 있었던가?” 되묻는 것 그리고 책의 마지막인 ‘지나온 길 그리고 나의 갈 길’이 전부다. 그러나 분량에 비해 울림은 크다.

‘지나온 길 그리고 나의 갈 길’(242-243쪽)은 하나도 손대지 않고 그대로 옮겼는데 비록 투박하기는 하나 원문에서 우러나는 각오와 결의를 평설자의 능력으로는 감당할 수 없었기 때문이다. 그래서 원문의 묘미를 살린다는 취지 뒤로 살짝 숨었는데 현명한 판단이었다. 스스로 밝히고 있듯이 가난은 박 대통령에게 스승이자 은인이었다. 가난에 대한 어린 시절의 기억은 그 가난을 잉태한 구체제에 대한 분노로 이어졌고 민족성의 개조라는 목표로 마무리된다. 부패 특권 사회에 대한 혐오 그리고 사람이 사람 위에 군림하는 체제에 대한 분노는 박 대통령의 생리였다. 그래서 “서민 속에서 나고 서민의 편에서 일하고 마지막은 서민들의 인정 속에서 생이 끝나기를 염원”하는, 민족에 대한 서원(誓願)을 망설이지 않는 것이다. 이 서원은 나중에 “내 일생 국가와 민족을 위하여”라는 휘호로 남는다. 원래 서원은 함부로 하는 것이 아니다. 그 기원이 종교에 있으며 신에 대한 약속은 목숨을 걸고 하는 것이기 때문이다. 해서 ‘내 일생’은 ‘이 한 목숨’으로 바꿔 읽어도 크게 무리가 없다.

소명의식

『국가와 혁명과 나』는 당시 역사에 대한 생생한 기록이자 그 역사를 뛰어넘고 극복하고 싶었던 한 인간의 의지가 드러난 대한민국 발전의 청사진이다. 책에 대한 후일담으로 다른 사람의 대필이니 어쩌니 하는 이야기들이 있는데, 원본을 꼼꼼히 읽어 보면 박 대통령의 육성이 생생하게 느껴진다. 누군가 기본 틀을 잡았거나 마무리 작업을 했는지는 몰라도 박 대통령의 성격 상 일일이 다 고치고 문장마다 가필을 했을 거라는 추측이다. 특히 이 책을 읽으며 막스 베버의 소명의식을 떠올린 것은 평설자만이 아닐 것이다. 마음 깊은 곳에서 치밀어 올라와 어떤 고난과 방해에도 불구하고 기필코 그것을 현실에서 실행하는 그 소명의식은 남이 대신 써 줄 수 있는 성질의 것이 절대 아니다.

끝까지 읽어 주셔서 감사합니다

본문 중에 미국의 원조와 관련하여 약간 다른 진술이 나오는데 그 부분은 고치지 않고 그대로 옮겼다. 만전을 기하기 위해 서울대 이영훈 선생에게 질의하였으나 문장 간에 큰 모순이 없다는 대답을 들었고, 군사 원조의 경우 미군이 미 국방부 계정을 통해 별도로 집행한 것이라 한국 정부의 국민계정에는 잡히지 않고 그 정확한 액수는 알지 못한다는, 질문 외의 소득도 얻을 수 있었다. 알아 두시면 좋을 듯하다.

한편 원본에는 '책머리에'와 별도로 '서장'이 있는데 내용이 본문의 요약인 동시에 겹치기도 하여 핵심만 뽑아내서 '책머리에' 안에 담았다. 물론 영인본의 그 부분도 꼭 읽어 보시기 부탁드린다.

오래 묵어 의복처럼 익숙해진 한민족 5천 년의 가난 탈출기, 『국가와 혁명과 나』의 마지막 문장은 "끝까지 읽어주셔서 감사합니다"로 끝난다. 독자 여러분을 대신하여 박 대통령께 이런 말씀 드리고 싶다. "이런 저작을 남겨 주셔서 오히려 우리가 감사합니다."

2017년 10월

남정욱

책머리에

폭우가 쏟아지는 자정. 나는 서재 한쪽 끝에 앉아 붓을 멈춘 채 멍하니 비에 쓸려 가는 밤거리를 내다보고 있었다. 5천 년을 시달려 온 이 피곤한 민족이 모처럼 일어서려는 이 비장한 마당에 하늘은 어쩌자고 또 시련을 내려 우리를 시험하는지. 소리들, 절규하는 그 목소리들. 제방이 무너지고 논과 밭이 잠기고 집에 물이 들어차는 참혹한 광경들이 마치 눈에 보이는 듯하다. 할 수만 있다면 저 거리로 뛰어나가 내 재주로 저 비를 막거나 그도 아니라면 저 비 때문에 울고 있을 수많은 동포와 함께 이 밤을 지새우고 싶은 격한 감정이 밀려온다. 그러나 우리는 일어서야 한다. 이 고비와 싸워 넘어서야 한다. 내일의 영광을 위해 하늘은 우리에게 이런 시련을 주고 있는 것이다.

며칠 전 청와대를 방문한 외국의 인사를 접견하는 자리에서 나는, "이 나라 야당들이 바란 대로 내가 2·27선서대로 하였더라면 오늘 이 풍수해와 식량 걱정은 야당들이 할 뻔했소. 국난을 당하여 도피할 수도 없는 처지에서 보니 그 같은 나의 결의가 오늘 나를 이처럼 괴롭히는구려" 하며 웃은 적이 있다. 그렇게 본인은 그동안 인위적인 재난은 물론이고 자연재해까지 혼자 도맡아 마치 나의 책임인 듯 감당하며 지내 왔다. 격랑 속을 헤쳐 가는 외로운 돛단배의 사공일지언정 본인은 조금의 낙심도 없이, 한 치의 실망도 없이 노를 저었다. 파도의 물결이 높을수록 그것은 본인의 의지를 더 강하게 만들었고 결코 물러서지 않겠다는 결의만 다지게 했을 뿐이다.

혁명은 그렇게 우리를 단단하게 만들었다. 이 혁명은 정신적으로는 주체의식의 확립 혁명이었고 사회적으로 근대화혁명이었으며 경제적으로는 산업혁명이었다. 한편으로 이 혁명은 민족의 중흥을 여는 창업 혁명이었으며 국가의 재건혁명이었고 국민개혁 혁명이었다. 이 혁명에는 정해진 시간이 없다. 그래서 이 국민혁명은 민족의 영구적인 혁명인 것이다. 이제 겨우 혁명 2주년이니 아직 갈 길이 멀다. 그러나 그 길의 끝에는 영광과 기쁨과 감동이 기다리고 있으니 어찌 안 가고 머뭇거릴 수 있겠는가. 그렇다. 우리 앞에는 제3공화국의 영광이 기다리고 있다. 그리고 이 역사적 순간이 민족의 희망찬 구름다리가 될 것이냐 아니면 절망의 낭떠러지가 될 것이냐는 오직 국민의 판단에 달려 있다. 신의 섭리로써 이제는 우리도 행복해질 수 있는 권리를 가졌다고 할 것이다. 민족의 지혜로운 마음은 반드시 밝고 큰 길을 발견해 줄 것으로 확신한다.

장엄한 역사의 한 단락 끝에 선 본인의 심정은 담담하다. 본인은 그간 많은 것을 보았고 많은 것을 느꼈으며 많은 것을 경험했다. 그 보고 느끼고 체험한 것이 본인으로 하여금 한없는 의욕에 불타도록 만들었다. 업무를 잠시 쉬는 사이 머릿속에 오가는 단상들이 많아진 것은 당연한 일이겠다. 그 생각들의 빛을 좇아 한 줄, 두 줄 흩어진 소감을 정리해서 모았다. 문필가가 아닌 터라 서투른 문장이지만 이 보잘것없는 조각조각 짧은 글들이 애국의 싹에 거름이 된다면 더 바랄 것이 없겠다.

1963년 7월

장충단 공관에서

박정희

차례

제1장

혁명은 왜 필요하였는가

1960년대의 국내 정세

우리는 왜 혁명을 일으키지 않을 수 없었는가. 또 국민은 왜 이 혁명을 지지하였는가. 혁명 2년이 지난 이 시점에서 그 논리적 근거를 분명히 하려는 데에는 이유가 있다.

그것은 반(反) 혁명 세력들의 반성 없고 방약무인한 움직임 때문이다. 구 정치인에 대한 정치활동 금지를 전면 해제하자 그들은 혁명의 필연성을 부정하고 비난함으로써 국민의 판단을 흐리고 있다. 뿐만 아니라 그들은 현실에 대한 불만을 과장하고 이를 교묘하게 선동하여 반사이익을 챙기는 데 급급하고 있다. 혁명과업에 대한 협조는커녕 모조리 적대세력으로 돌아서서 혁명의 파괴와 정국의 불안, 그리고 사회적 혼란과 위기를 조성하여 정권 찬탈을 노리고 있는 것이다. 이는 국가와 민족의 운명과 직결된 것으로 결코 좌시할 수 없는 중차대한 사안이다. 결론적으로 이것은 두 차례의 혁명을 없던 일로 돌리고 조국과 민족을 또다시 혁명 이전의 끔찍한 상황으로 돌려 놓겠는다는 것 외의 다른 의미가 아니다.

4·19학생혁명 그리고 5·16군사혁명은 해방 이후 16년간의 정치가 완전히 파탄 났음을 보여 주는 사건이다. 이 두 차례의 혁명을 학생이

일으키고 군대가 성공시킨 것은 본질적으로 정치와 무관해야 할 이 특수사회 외에는 국가와 민족을 구할 용기와 정열 그리고 힘이 있는 집단이 없었기 때문이다. 무슨 까닭으로 학생들은 학업을 중단하고 군인들은 국토방위의 임무를 뒤로 한 채 혁명의 대열에 나서지 않을 수 없었던가. 그것은 새삼 강조할 필요도 없이, 혁명이 없었으면 나라는 망했을 것이며, 국민들이 마땅히 지키고 행하여야 할 도덕과 의리는 지금쯤 찾아볼 수조차 없었을 것이기 때문이다.

그렇다면 대체 그토록 절망적이고 절박한 상황이란 어떤 것이었던가. 이에 본인은 혁명 당시 뼈저리게 느꼈던 몇 가지 단상을 회고하여 국민 여러분의 판단에 보탬이 되고자 한다.

인간생활에 있어 경제는 정치나 문화에 앞서는 것이다. 그래서 현재 우리 민족이 처한 경제상황은 더욱 절실하게 와닿는다. 멀리는 조선시대의 자체적 빈곤과 일제 치하의 혹독한 식민지 수탈이 있었다. 그리고 가깝게는 해방 후 국토분단에서 초래된 자원의 불균형이 있었다. 그 불균형한 자원마저 6·25전쟁으로 깨끗하게 불타 없어졌다. 국가의 재화가 완전히 사라질 일실(逸失)의 운명, 그것이 우리가 처한 경제적 상황이었다. 경제적 자립능력이 없는 인간이 결국 남에게 의지할 수밖에 없듯이, 경제적 자립 없이 한 민족이나 국가의 온전을 기대하기란 불가능한 일이다.

우리의 경제사정을 통계로 살펴보자.

1. 30억 달러의 원조 내역과 그 경과

1) 48 대 52라는 부끄러운 국가예산

해마다 수많은 국민들은 굶주림과 싸워야 했다. 사람에게 먹고사는 문제는 사치도 욕심도 아니다. 그것은 인간의 삶에서 보장되어야 할 최소한의 권리다. 겨우 이것이 문제였다니 우리들의 삶은 생존의 연장 그 이상도 이하도 아니었다는 결론이 나온다. 물론 이것은 어제 오늘의 일이 아니다. 우리 조상들은 대부분 이렇게 억울한 한평생을 살다 가셨다. 그러나 이제 이런 한심한 역사를 매듭지을 때가 왔다. 특히 우리의 착하고 귀한 자손들에게 그 같은 엉터리 운명을 물려줄 수는 없는 일 아니겠는가.

돌아보면 우리의 과거는 사명감이라고는 찾아볼 수 없는 역사였다. 국가의 기간산업인 공업의 수준은 바닥을 기었다. 농촌의 피폐함은 그 참혹함이 눈 뜨고는 볼 수 없는 지경이었고, 도시에는 지식인 실업자들이 넘쳐났다. 이게 다 무엇 때문인가. 가난 때문이다. 나라가 가난했기 때문이다.

그렇다면 대체 우리는 얼마나 가난했던가. 여기 생생한 자료가 있다. 혁명이 나던 1961년도 민주당 정권의 추가경정예산안이 바로 그것이다.

총규모 6,088억 환의 내역을 보자. 국토개발사업비 조로 제공된 미국 원조 잉여농산물 1천만 달러를 환산한 130억 환을 합하면 미(美) 대충자금(對充資金)의 합계는 3,169억 환으로, 이는 국내자원 2,919억 환에 대해 52퍼센트의 비율이다. 대충자금이란 원조물자를 수입하려는 국내 업자가 물자 가격에 상응하는 우리 돈을 정부 명의의 '대충자금특별계정'에 예치하는 것을 말한다. 우리는 나라 예산을 절반 넘게 미국에 의존하고 있었다. 독립된 국가이면서도 수치로 본 한국의 실제 가치는 48퍼센트에 불과한 셈이었다. 바꾸어 말하면 한국에 대한 미국의 발언권이 52퍼센트를 차지하고 우리는 그만큼 의존하지 않을 수 없다는 의미이기도 하다.

한편 그것은 한국에 대한 미국의 관심도를 반영한다고도 볼 수 있다. 한국에 대한 미국의 원조에는 틀림없이 무슨 까닭이 있을 것이다. 물론 우리는 이를 꼬투리 삼아 의도적인 곡해를 하거나 감사하는 마음에 검은 보자기를 씌울 생각은 추호도 없다. 고마운 것은 고마운 것이다. 감사할 일은 어디까지나 감사해야 한다. 이는 기본적으로 예의에 관한 문제이다.

그러나 문제는 그런 상대적인 관계가 아니라 어디까지나 우리 자체에 있다. 나라 살림살이의 기초 밑천 대부분이 외국의 원조로 이루어져 있다는 사실이 그것이다. 이러고도 과연 우리는 독립된 자유민주주의 주권국가라고 자부할 수 있을 것인가.

국가와 개인의 살림살이에는 공통점이 있다. 한 개인이 분가(分家)하여 본가(本家)의 도움에 의존하는 것도 하루 이틀이요, 무작정 받아먹는 게 실은 고될 뿐만 아니라 가장으로서의 체면을 세울 방법이 없다. 더구나 본가의 사정이 여의치 않을 때, 즉 부모에게 불행이 닥쳤을 때는 연쇄반응을 피할 수 없다. 당연히 당사자는 평소 이러한 사태를 예측하고 준비해야 한다. 하루라도 빨리 자수성가하겠다는 각오와 노력을 게을리할 수 없는 것이다. 가족끼리도 그런데 하물며 남남끼리는 더 말할 필요가 있겠는가. 다른 사람에게 일을 좀 해 주었다는 이유로 그에게 생활능력 부족을 호소하며 생활비의 절반, 또는 그 이상을 10년이고 20년을 신세 진다고 가정해 보라. 실로 아찔한 일이 아닐 수 없다.

우리가 나라살림을 이 지경으로 끌고 온 게 거의 20년이다. 우물쭈물하는 사이 한 세대가 지나간 것이다. 당장 내일이라도 미국의 원조가 끊어진다면 우리에게는 어떤 대비책이 있는가. 더구나 강력한 적을 38선 저쪽에 두고 경제전쟁을 벌이고 있는 현 정세를 생각하면 한시도 머뭇거릴 수 없다. 총력을 기울여 경제부흥의 길로 매진하고 하루빨리 자주경제를 확립해서 내 살림을 내가 맡아 해 나가야 하는 것이다. 이는 우리의 피할 수 없는 숙원 사업으로 1961년 5월, 본인으로 하여금 혁명을 일으키게 한 직접적인 이유 역시 바로 이것이었다. 자주! 그것은 오직 자주경제 이외에 잡을 그물이 없는 것이다.

2) 절실한 시설재와 원치 않는 소비재의 역전 원조

1960년 12월호 『한은조사월보(韓銀調査月報)』에 의하면 해방 후, 즉 1945년부터 1959년까지 우리는 26억 9천만 달러에 달하는 미국의 원조를 받아 왔다. 이 막대한 자금을 가지고 우리는 무엇을 하였던가. 이같이 방대한 규모의 원조를 받았으면서도 국가의 기간산업은 후진국 초보 상태에 머물러 있었을 뿐 중소기업과 수출산업은 위축될 대로 위축되어 극심한 수요 부족과 물가의 폭등, 수출 부진으로 해마다 수천만 달러의 국제수지 역조(逆調)를 기록했다. 이 같은 경제의 패망으로 수백만의 실업자가 거리를 헤맸고 수만에 달하는, 양식 떨어진 절량농가(絶糧農家)가 속출했다. 지난날 쌀 수출국으로서의 위치는 간데없고 외곡(外穀) 도입으로 겨우 입에 풀칠만 하는 선까지 후퇴한 것이다.

그뿐인가. 혹심한 물가상승과 통화의 팽창으로 인한 인플레는 국민생활을 크게 위협하는 지경에 이르렀다. 우리의 경제성장률은 1950년대의 5~6년 동안 불과 4~5퍼센트에 불과했다. 일반적으로 미개발 후진국의 경우 경제성장률이 7~12퍼센트 선을 오르내리는 것을 생각하면 우리의 실수가 어느 정도인지 알 수 있다.

그러면 이런 악순환과 침체와 퇴보의 원인은 무엇인가. 물론 앞에서도 말한 바와 같이 국토의 분단 그리고 6·25전쟁과 수백만을 헤아리는 월남 피란민 등 불가항력적인 요인에도 그 원인이 있을 것이다. 그러나 그보다 더욱 중요한 몇 가지를 들자면, 첫째로 미국의 원조가 우리가 절실히 필요로 하는 내용과 거리가 멀었다는 것이고, 둘째는 우리의 정책 빈곤과 노력의 부족 그리고 구 정권의 부패 등이 어마어마하게 심각했다는 사실이다.

자립경제의 핵심이 되는 공업화가 원조 당국의 정책상 차질로 소기의 목적을 달성할 수 없었다는 것은 ICA(International Cooperation Administration, 미 국제협력처) 원조의 시설 부문과 원자재 부문에 대한 원조 비율을 보면 쉽게 이해가 갈 것이다. 1955년부터 1959년까지 5년간에 걸쳐 ICA가 제공한 시설 부문과 원자재 부문에 대한 원조 비율을 보면 다음과 같다.

단위: 만 달러

연도	1955	1956	1957	1958	1959
시설 부문 (%)	9,746 (47.4)	8,539 (31.4)	9,272 (28.7)	6,389 (24.1)	4,361 (22.0)
원자재 부문 (%)	10,835 (52.6)	18,565 (68.6)	23,053 (71.3)	20,173 (75.9)	16,468 (78.0)

표를 보면 이 무렵 미국의 원조가 우리가 요망하는 시설 부문에 대해 얼마나 인색했으며 도리어 원치도 않는 소비재 분야에만 얼마나 적극적이었는지 알 수 있다.

1953년에 원조를 시작해서 1959년까지의 7년 동안 한국의 공업화를 위한 시설 부문 원조는 불과 20~40퍼센트 내외를 맴돌았다. 이러한 편중은 더욱 심화되어 1955년의 47.4퍼센트에서 1959년에는 22퍼센트로 격감되었으며, 이는 원조를 놓고 양국 간의 견해 차이가 그만큼 멀어졌다는 것을 방증한다. 그리고 이 정도 수준의 시설 부문 원조마저도 5년간 총액 3억 8,308만 달러 중 철도를 중심으로 한 교통 부문의 1억 7,662만 달러에 비해 광업, 전력, 제조, 가공업 등을 내용으로 하는 광공업 부문은 1억 1,076만 달러에 지나지 않았다. 이 두 부문을 제외한 나머지 9,570만 달러가 농업 및 자연자원과 보건위생 부문에 쓰였다. 이 가운데 특히 우리의 입장에서 가장 절실한 제조·가공업 분야는 겨우 5,733만 달러로, 미국과 우리의 시각차를 확연히 느낄 수 있다. 반면 원자재 부문에서는 5개년간의 총액 8억 9,097만 달러 중 소맥(밀), 대맥(보리), 원당(原糖), 원면을 내용으로 하는 농산물이 2억 1,411만 달러였고 석유, 유연탄 등 연료가 1억 1,396만 달러를 차지했다.

국가의 입장으로 볼 때 이같이 방대한 잉여농산물, 휘발유 등의 도입이 우리 농촌과 도시에 어떠한 영향을 가져왔는지는 따로 언급하기로 하고, 일단 이 원조 문제에 대해 좀 더 알아보자.

한국경제의 재건을 주목적으로 한 ICA 이외에도 우리는 몇 개의 기구로부터 원조를 받아 왔다. 미국의 '점령지역 행정구제계획'과 경제협조처(ECA), 미 공법(公法, PL)에 의한 원조활동, 그리고 국제연합(유엔) 구호기구 및 유엔 한국재건단(UNKRA) 등의 원조가 그것이다. 이 중 미국의 점령지역 행정구제계획에 의한 원조사업은 1945년 미군의 남한 진주 이래 1949년 말까지의 5개년 동안 5억 달러의 예산이 경제원조와는 상관없는 순전히 구호물자 제공, 해방 수습 구호자금으로 쓰였다. 그 후 산업개발을 목적으로 하는 경제협조처의 활동이 1949년에 시작되었으나, 그다음 해 발생한 6·25전쟁으로 인해 1953년까지의 기간중에 불과 1억 915만 달러를, 그것도 전란의 격동 속에 이렇다 할 소득 없이 소위 낭비성 원조에 그치고 말았다. 유엔 한국재건단이 창설되어 한국의 경제재건을 기도하였으나 자금의 부족, 운영기구의 불합리 등으로 단지 1억 2,160만 달러를, 그것도 지극히 산만하게 제공하였을 뿐이다.

이상에서 보는 바와 같이 ICA 이외의 한국 관계 원조기구들이 제공한 각종 원조는 한국의 경제재건이란 지상과제와는 무관하게 거의 전부가 해방을 전후한 혼란기의 수습과 6·25전쟁의 극복을 위한 전재(戰災) 수습 자금으로 사용됨으로써 한국경제의 향상이나 개발이 아닌 소비성 원조에 그친 것이다.

1953년 ICA를 통해 미국은 단독 원조에 나섰다. 같은 해 12월 한·미합동경제위원회를 조직하여 비로소 한국경제 재건을 테제로 하는 활동에 나선 것이다. 그러나 그 이후의 사정은 전술한 바와 같다.

물론 여기에는 독일이나 일본처럼 경제재건에만 전념할 수 있는 여건을 갖추지 못한 우리의 특수한 사정도 있다. 미증유의 전란이나 국토분단의 현실, 경제재건 이전에 시급한 인플레의 억제로 재정을 안정시켜야 하는 한국 고유의 상황은 우리도 충분히 이해하고 있다. 그러나 사정이 그렇다 하더라도 한국경제 사활의 관건인 미국의 원조정책이 이렇게 계속되어서는 안 된다는 사실에는 변함이 없다.

국민 여러분이 아시는 대로 본인은 경제나 정치에 조예가 깊은 사람이 아니다. 혁명 전까지 본인은 그저 한 사람의 군인이었을 뿐으로 다만 조국과 민족의 위기가 오직 경제에 달려 있다는 것을 통감하고 혁명 이전에 틈틈이 경제학을 조촐히 더듬어 보고 정치에 얼마간의 관심을 기울여 본 것이 전부다. 그러나 혁명 이후 모든 여건은 본인으로 하여금 이 방면에 집중하지 않을 수 없도록 하였고 그 결과 이와 같은 신념을 갖게 된 것이다.

솔직히 말해 우리의 경제문제 해결은 미국의 원조를 떠나서는 상상조차 할 수 없는 것이 현실이다. 그러므로 이 문제의 조속한 해결은 어디까지나 미국의 이해와 적극적인 협조 여하에 달려 있다. 어떻게 하면 보다 많은 원조를 우리가 희망하는 원칙에 입각해서, 그리고 우리 스스로가 자율적으로 진행할 수 있게 할 것인가에 논의가 모아지지 않으면 안 되는 것이다. 꾸준하고 성실한 우리의 피나는 노력이 필요한 것은 말할 필요도 없겠다.

3) 잉여농산물과 농정 실패가 때려눕힌 농촌

2억 1,411만 달러에 달하는 미국 잉여농산물과 석유, 유연탄 등을 내용으로 하는 1억 1,396만 달러의 연료 등 막대한 원료 및 소비재의 도입은 그 대부분이 시장에 매각되어, 그 대가는 대충자금으로 예치되고 이것은 곧 정부의 세출 재원으로 충당되었다. 국가예산의 근본 구조가 이같이 되어 있는 이상 한국은 엄밀한 의미에서 자율성을 가진 국가라 할 수 없다.

그렇다고 당장에 이와 같은 예산 편성을 거부할 수도 없는 처지다. 주지하는 바와 같이 한국은 60만의 대군으로 편성된 세계 제4위의 군사력을 보유하고 있다. 이러한 군사력의 유지는 객관적으로 그것이 아무리 불균형한 것이라 하더라도 눈앞에 백만의 강적과 대결하고 있는 우리로서는 불가피한 것이다. 그리고 언제 어디서 어떠한 사태가 발발할지 모르는 휴전 상태에다 국토통일의 과업, 나아가 미국을 중심한 자유태평양 지구에 있어서 아시아대륙에 구축된 유일한 교두보라는 점에서도 60만의 군대는 어쩌면 소규모일 수도 있다. 미국은 대충자금을 통한 거대한 간접 군사원조 이외에 1945년 9월 이래로 1959년 말까지만 하더라도 약 13억 달러에 달하는 직접 군사원조를 제공했다. 이것만 보아도 우리의 국방예산이 얼마나 큰 규모의 것인가를 알 수가 있을 것이다.

만약 우리에게 이와 같은 병력 유지가 필요 없게 된다고 가정한다면 어떨까. 연간 수백억 원이란 엄청난 자금을 산업분야에 투자할 수도 있고, 국민의 조세부담을 지금보다 훨씬 낮출 수 있게 된다. 그러나 지금 그런 가정은 백일몽에 불과하다. 군을 유지하려면 경제재건을 제약해야 하고, 경제를 재건하려면 군을 감축해야 한다. 이러지도 저러지도 못하는 진퇴유곡이 지금 우리의 사정이다.

그러나 우리는 그저 장탄식만 하고 있거나 값싼 감상에만 젖어 있을 수 없다. 운명을 생활의 주식(主食)으로 삼았던 우리의 전통을 완전히 거부하고 나선 혁명이 아니었던가. 방법이 없는 것이 아니다. 다만 그 시기가 아직 오지 않은 것뿐이다. 이것은 혁명 이전부터 본인의 뇌리에서 단 일 초도 사라져 본 적이 없는 구상인 것이다.

다음으로는 원조 총액의 30퍼센트 선을 오르내리는 잉여농산물을 살펴보자.

연간 평균 300만 석 정도의 절대부족량을 메우는 데 소요되는 유일한 해결책인 잉여농산물의 도입은 그 여파로 국내 양곡가를 때려눕히고, 이로 인해 농가소득은 격감했다. 농민의 사기는 떨어졌고 농촌경제가 혹심하게 위축된 것은 우리가 이미 알고 있는 사실들이다. 잉여농산물의 도입에 따른 공적인 피해는 여기에 그치지 않는다. 농촌의 피폐는 농가의 구매력을 압박함으로써 국내 소비품 공업의 부진을 가져왔고, 이로 인해 중소산업의 발전은 제자리걸음도 힘들었다.

12년간에 걸친 구 정권은 바로 이런 점에 유념하여 탄력성 있는 효율적 시책을 신속하게 시행했어야 함에도 불구하고, 그들은 농촌을 외면하고 3차산업 부문의 소비에만 몰두했다. 양곡가의 적정가격 조정, 농지의 개량과 확장, 영농기술의 보급과 종자의 개선, 그리고 영농자금의 적기(適期) 방출, 수리 관개 시설의 충실, 농촌 구조의 현대적인 합리화 등 헤아릴 수 없이 많은 여러 시급한 문제들에는 아랑곳하지 않고 오직 그들이 직접, 간접적으로 연관되는 산업 부문에만 관심을 기울여 국정의 기본인 농업정책을 농락해 온 것이다. 그 결과 농촌은 더 가난해졌고, 기어이는 대책 없이 도시로 유랑을 떠나는 일이 벌어진 것이다. 생산의욕의 감퇴와 농업생산력의 농촌 이탈은 결국 오늘과 같은 심각한 식량위기를 초래했다.

아무리 돌려 생각해 보아도 무엇보다 시급하고 근본적인 문제는 농촌이다. 그 누가 정권을 맡아보든 농촌의 재건 없이는 국가재건도 허사다. 그래서 우리는 엉성한 관념론이나 강단의 이론을 박차고 하루바삐 냉엄한 현실과 대결할 새로운 결의를 다지지 않으면 안 된다. 한국에 솟는 태양은 동해에서가 아니고 농촌의 산이나 들에서 떠올라야 한다. 여기에서 우리의 희망은 밝아 오기 때문이다.

4) 소비재 치중 원조가 가져온 어이없는 결과들

나라경제는 말이 아닌데 자동차의 홍수라니, 참으로 어이없는 현상이다. 덕분에 수천만 달러의 외화가 사치로 날아가고 있다. 생산은 없고 소비만 있는 이런 현상은 우리 사회의 기형적인 고질병이다. 이는 자동차에만 국한되는 문제가 아니다. 슬금슬금 정치, 경제, 문화, 사회 전반에 파고들어 나태와 부패와 허영과 사치를 조장하고 있는 것이다. 전래의 순박한 민족정서와 고지식하리만큼 근면하던 우리 민족성이 여지없이 깨지고 없어졌다.

물론 본인이 무작정 통제를 주장하는 것은 아니다. 자동차라는 교통의 이기(利器)가 우리 생활에 가져다 준 공을 모르는 바도 아니며 그 필요성도 충분히 알고 있다. 그러나 국가경제가 기틀이 잡히기까지는 스스로 자각하는 태도가 필요한 것이다. 산적해 있는 여러 난관을 직시하고 민족이라는 공동운명체의 발전을 잠시라도 염두에 두었다면 우리는 사태를 이같이 방치하지 않았을 것이다. 요는 우리 국민의 정신이다.

구 정권 하에서 소비성 물자의 시장판매는 또 다른 심각한 부작용을 가져왔다. 판매와 관련하여 특혜층이 발생했고, 이들은 곧 정치라는 괴물과 야합하여 끝내는 관료직 특권계층과 전후파(戰後派) 상류계급을 만들어 낸 것이다. 이들은 정치와 경제의 핵심을 차지하고 사회에 망국적인 풍조를 독촉하는 악마 같은 존재로 변했으며 민족의 주체의식을 마비시키고 말살시켰다. 비굴성을 배양했고 놀고먹는 불로소득과 지독한 개인주의, 그리고 황금만능, 배금(拜金) 사상을 퍼뜨렸다.

미국의 원조를 바탕으로 한 한국 경제정책의 이러한 오류는 기간산업과 중소기업 등 국내 생산공업을 답보상태에 낙후시킨 반면, 국민의 정신에 회복할 수 없는 큰 멍을 만들었다. 사치와 허영은 기어이 각종 외래상품의 국내 침투를 손짓했다. 혁명 직전 한국은 외래상품이 시장을 점령한 상태였다. 이 무렵 국산품은 마지막 남은 애국의 보루이자 상징이었다. 그렇게 파행적으로 흐르던 경제구조와 사회위기, 그리고 망국의 사조는 상당한 희생을 강요하였으나, 국민의 적극적인 협조로 가까스레 어려움을 극복할 수 있었다. 참으로 다행스러운 일이라 하겠다.

2. 파탄에 직면한 민족경제

1) 농촌은 망가지고 국제수지는 기약 없이 적자인 나라

1960년, 즉 혁명 이전의 국민총생산(GNP) 추이를 보자.

1953년의 8,363억 환이 1958년에 와서 1조 1,112억 환으로 증가하였으나, 1953년을 지수 100으로 놓고 보면 1958년은 132.9가 되어 5년간 연평균 6퍼센트의 성장을 보였을 뿐이다. 그 내역을 산업별로 보면 1958년에 1차산업 비중은 40.1퍼센트, 2차산업은 17.2퍼센트이고 3차산업은 42.7퍼센트로, 3차산업이 압도적으로 비대한 반면 2차산업은 빈약하고 침체되어 있다는 것을 알 수 있다. 그리고 1차산업의 주종은 농업생산품인바, 당시 전 인구의 75퍼센트를 차지한 농민 생산이 전체의 40퍼센트에 불과했다는 것은 그만큼 농가의 생산구조가 기형적이었다는 것과 함께 그 비참함을 여실히 증명하는 것이라 하겠다. 이 사실을 통해 잉여농산물의 과중한 도입이 얼마나 농촌경제를 위협했으며 그 결과 농민들의 생산의욕을 잠식하였는가를 알 수 있다.

사실상 우리의 농촌은 해방 이후 지금까지 경작 면적이나 단위생산력에 있어서 한 걸음도 앞으로 나가지 못하고 있었다. 이같이 구 정권 하의 한국경제는 농업에 압박을 가하고 여기에 공업의 부진을 더함으로써 결국 3차산업만 비대하게 촉진시켰다.

예를 하나 들어 보자. 1, 2차산업에 대부분을 의존하고 있는 무역을 보면 수출이 수입을 따르지 못하고 있다. 1959년 수출 총액은 불과 1,916만 달러인 데 비해 수입 총액은 7,852만달러로 적자가 무려 5,936만 달러다. 더 기가 막힌 건 연평균 약 5천만 달러 선의 이 국제수지 역조가 1955년 이래 5·16혁명 때까지 그대로 지속되어 왔다는 사실이다.

정말 이래도 되는 것인가. 당시의 위정자들은 마땅히 수입대체산업 진흥책을 강구했어야 옳았다. 그러나 이들은 10년을 무관심으로 일관했다. 한 푼의 외화가 얼마나 소중한가. 외화획득을 위한 공업제품, 광석물, 수산자원의 개발에 사용하고 아울러 국내 공업화와 실업자의 흡수, 국민생활의 향상도 기할 수 있는 것이 외화가 아닌가. 적자무역에서 흑자무역으로! 이것은 자립경제 건설과 국내의 자급자족을 위해 기필코 성취되어야 할 과업 중의 과업이라 할 것이다.

2) 방치된 공업화와 심각한 석탄 문제

모든 것이 고난의 연속인 한국경제에서 그나마 한 가닥 희망적인 부문이 있었으니, 바로 특수산업과 지하자원이다. 무연탄, 중석(텅스텐), 철광과 수산자원인 해태(김), 석화(굴), 한천(우무), 새우, 기타 해산물과 공예품, 인삼류, 도자기, 면실유, 해바라기유, 특수화학약품, 그리고 농우

(農牛) 등은 우리의 수출 부문에서 큰 비중을 차지하는 것들이다. 그럼에도 불구하고 이러한 보고(寶庫) 역시 무성의한 구 정권의 처사로 방치되어 미개발 상태를 면하지 못하고 있었다.

국가경제의 공업화 과정에 불가결한 요건인 동력 부문은 과연 제대로 돌아갔는지 살펴보자. 『세계자원연감』(1953년 판)에 의하면 한국(남·북)의 석탄 매장량은 약 56억 톤이다. 전 세계 매장량의 0.1퍼센트에 불과한데 그것도 남한만 보면 6억 5천만 톤으로 전 세계 매장량의 0.01퍼센트다. 본인이 조사한 바에 의하면 석탄의 매장량과 유지 연수는 미국이 4,400년, 영국이 820년이고 프랑스와 일본은 각각 375년과 200년이다. 그러면 우리의 사정은 어떠한가. 민주당 정권시의 석탄개발 10개년계획을 보면 목표량이 1,200만 톤으로, 이 수치를 100퍼센트 신뢰한다 하더라도 겨우 40년을 유지할 수 있는 양밖에는 되지 않는다. 석탄 매장량만 놓고 보면 한국의 동력원은 지극히 비관적이므로 대신 수력발전 등 다른 방향에서 전력 부문의 개발에 나서야 옳았다. 그러나 이 부문 역시 석탄 이상으로 말이 아니었다.

석탄 매장량이 적은 것은 어디까지나 장래에 대한 걱정이지만, 당면한 고충은 무연탄 가격의 앙등과 수요 부족에 있었다. 6·25전쟁 이래 세계의 무연탄 가격이 9달러 내외였음에도 불구하고 우리는 언제나 이 선을 훨씬 넘어서 있었다. 그렇다면 수요는 어떤가. 구 정권에 따르면 1961년도에는 543만 9천 톤인 데 비해 그 5년 후에는 998만 1천 톤이 수요 예견량으로 되어 있다. 이 수치를 달성하자면 1960년대의 두 배 가까운 증산이 뒤따라야만 한다. 그러나 당시의 채탄 실적은 비관적이었다. 공업 면에서는 동력 역할을 하고 국민생활에는 의식주와 동반하여 생활필수품인 이 석탄이 구 정권 하에서는 수급 지체와 높은 무연탄 가격으로 인하여 나라살림과 개인의 생활에까지 크나큰 위협을 가하였던 것이다.

3) 놀라지 않을 수 없는 전력 사정

오늘날 현대 문명사회에서 전력(電力)의 중요성은 '전력은 곧 국력'이라는 말로 집약된다. 더구나 한국과 같은 후진국에서 전력이 감당하는 역할은 국력 이상이라고 해도 무리가 없다. 철로가 동맥이라면 전력은 바로 그 심장인 것이다.

이토록 중요한 전력! 그러나 우리는 이것과 너무나 인연이 멀었다. 1945년 8월 당시 남한은 8만 1천 킬로와트의 자체전력을 보유하고 있었으며, 별도로 북한으로부터 6만 킬로와트를 공급받고 있었다. 그러나 3년 후인 1948년 5월 14일, 북한 측은 일방적으로 단전을 선언하고 말았다. 모든 산업은 중단되다시피 하였고 거리는 암흑으로 변해 그 답답함은 우리 국민이 이미 충분히 겪은 바 있다. 6·25전쟁을 겪으면서는 그나마 이 8만 킬로와트의 출력마저 기능을 상실했다. 구 정권은 여기에 대해 얼마나 관심을 기울였던가. 결론부터 말하자면 그저 방관만 하고 있었다. 혁명 직전 민주당 정권 스스로 발표한 「전력요강」에 의하면 당시의 평균출력은 18만 5천 킬로와트, 최대출력은 26만 5천 킬로와트로 되어 있고 수요량은 평균 25만 7천 킬로와트, 최대수요량은 37만 2천 킬로와트라 되어 있다. 이렇게 스스로 밝힌 대로 그 부족량은 17만 7천 킬로와트이다. 그러나 부족량은 여기서 끝나는 것이 아니다. 연간 5만 킬로와트의 자연 수요증가를 계산하면 10년 후의 총 수요량은 79만 5천 킬로와트로 늘어난다. 구 정권 하 17만 7천 킬로와트의 부족량과 1970년까지의 순증가량 60만 킬로와트의 건설사업은 도저히 그들에게 기대할 수 없는 것이었다.

본인은 혁명 이전부터 전력에 대하여 각별히 주의를 경주하여 왔다. 특히 외국과 우리의 경우를 비교하였을 때의 놀라움은 지금 이 순간에도 생생하다. 1960년대를 기준으로 선진 각국의 1인당 연간 전력소비량과 우리의 실정을 보자.

단위: kW/연

나라	1인당 전력소비
노르웨이	5,220
캐나다	4,830
미국	3,220
스위스	2,790
뉴질랜드	1,833
일본	800
한국	67

정말 입이 다물어지지 않는 수치가 아닐 수 없다. 인구 2,400만을 헤아리는 당당한 독립국가인 이 나라가 미국 디트로이트시에 소재한 포드자동차회사 하나의 발전량 34만 킬로와트보다도 훨씬 아래를 오

가는 상태였다. 이러고서 어찌 자주의 꿈을 꿀 수 있겠는가. 이러고서 어떻게 한국의 공업화를 소리칠 수 있겠는가. 이러고도 구 정권은 또 다시 정권을 감당하겠다고 하니 정말이지 얼굴에 철가면을 뒤집어쓰지나 않았는지 들여다보고 싶을 지경이다.

우리는 사력을 다해 전력개발에 앞장서야 한다. 전력 없이 생산이 있을 수 없고, 생산 없는 곳에 민족경제의 성장은 없기 때문이다.

4) 천 길 물속의 지하자원

한국의 지하자원 가운데서 달러박스라 할 만한 것이 중석과 흑연이다.

중석은 철 합금재료로서 전략물자에 반드시 필요한 것이며, 우리는 미국 다음가는 생산량으로 전 세계 수요의 3분의 1을 감당하고 있다. 그러나 과거에는 경제시책의 미비로 이 중석이 빛을 보지 못했다. 약 15만 톤으로 추정되는 매장량에 비해 개발은 상동광산 정도가 이름값을 할 뿐 나머지는 볼품이 없었다. 당시 전국에는 132개소의 중석광산이 있었다. 그러나 대부분이 광석의 등분(等分)을 가리거나 캐낸 광석에서 가치가 낮거나 쓸모없는 것을 골라내는 선광(選鑛) 시설의 미비와 생산 경비의 초과로 인해 폐광 상태로 방치되고 있는 형편이었다. 130여 개의 이 광산들이 상동광산처럼 가동을 계속하였다면 연평균 5천 톤, 혹은 그 몇 배의 증산을 보게 되었을 것이며, 그를 통해 얻는 외화는 막대하였을 것이다. 생각하면 생각할수록 아까운 일이 한두 가지가 아니다. 그만큼 구 정권은 철저히 무능의 절정을 달렸다. 개발은커녕 오히려 '중석불사건'[1952년 텅스텐 수출대금인 '중석불重石弗' 유용 사건]에서 보듯 이를 오직 자신들의 영화와 치부에만 이용하려는 부패에만 전념하였을 뿐이다. 실로 중석은 세계시장에서 각광받는 한국 유일의 지하자원이다. 이같이 소중한 중석광은 힘자라는 데까지 채굴하여 외화를 획득하고 한편으로는 외자도입에 대한 상환 재원으로 활용했어야 마땅한 일이었다.

다음은 중석과 함께 또한 수출 가치가 높은 흑연이다. 결정(結晶)의 크기에 따라 흑연은 인상(鱗狀) 흑연과 토상(土狀) 흑연으로 구분되는데, 전자는 육안으로 식별이 가능한 크기이고 후자는 육안은 물론 현미경으로도 결정의 식별이 어렵다. 추정 매장량으로 보면 토상흑연이 300만 톤, 인상흑연이 160만 톤이다. 이 흑연은 매장량, 생산량 그리고 그 질에 있어서 단연 자유세계에서 제1위의 위치다. 그러나 이에 대한 개발 현황은 실망을 넘어 민망스러운 수준이다. 혁명 이전 총 가동 광구 264개 중 대부분이 해외시장을 개척하지 못한 채 버려지다시피 했으며, 채광, 선광 시설의 불비로 사실상 휴광 상태를 벗어나지 못하고 있었다.

현대 공업에 있어서 기초 공업자원이자 그 발전의 바로미터인 철광석은 그 매장량이 2천만 톤으로 추정되고 있다. 광구 역시 410여 개소를 헤아린다고는 하나, 구 정권 아래 연평균 생산량이 39만 2천 톤대 안팎이었다고 하니 그 작업내용을 짐작할 수 있다. 기이한 것은, 이들 생산량의 거의 대부분이 해외로 수출되고 반대로 국내 수요량인 15만

~20만 톤 중 대한중공업, 삼화제철 등의 생산 선철(銑鐵)을 제외한 6만 톤을 역수입하고 있었다는 것이다. 이 황당한 사실만 보더라도 구 정권 때의 경제시책이 얼마나 어이없는 것이었는지 알 수 있을 것이다.

선철 이외에도 세계시장의 총아가 되는 방사성 광물이 15종 남짓에 달하고 그 매장량이나 질 역시 경제적 가치가 매우 높다. 그러나 천 길 물속의 노다지가 무슨 소용이란 말인가. 기존 광구는 휴업 상태로 방치하고 광업개발은 아예 염두에도 두지도 않은 그들에게 계속 나라를 맡겨 놓았다면 대체 어찌 되었을 것인가.

몇 가지 실례로 지하자원 개발의 단면을 살펴보는 것만으로도 건국 12년간의 실적은 사실상 해방 당시에 비해 별로 진전을 보지 못했음을 알 수 있다. 당연한 일이다. 괭이와 소쿠리 따위의 연장을 동원한 원시적 산업과정에다, 제품화는 아예 엄두도 내지 못하고 광물 그 자체, 그것도 화학적 처리 없이 조악한 품질로 수출을 했으니 말이다. 민주주의도 좋고 자립경제 확립의 구호도 좋지만, 그보다 더 시급한 일은 오랜동안 방치되어 온 이 광산지대에 근대적 생산방식을 도입하는 일이다.

5) 국가 관리 기업체의 파탄

22 대 78이라는 높은 비율로 소비재에 편중되었던 미국의 대한(對韓) 원조와 구 정권의 무질서한 경제시책의 영향은 중요한 기간산업 부

문에 결정적인 타격을 가져왔다. 장기적인 경제개발에 대한 근본정책도 없이 회계연도에 따라 단기원조계획을 실시해 온 미국을 상대로 기간산업의 건설을 희망한다는 것 자체가 애초부터 잘못이었다. 기간산업 면에서 본 30억 달러의 원조 결과는 인천의 판유리공장과 문경의 시멘트공장, 그리고 충주비료공장처럼 도표에 상징처럼 남았을 뿐이다.

외자의 지원을 바탕으로 한 부문의 건설이 이 지경인데 내자를 동원하여 공장을 건설한다는 것은 현실에서는 아예 불가능한 일이었다. 그래서 본인은 여기에 기간산업의 유일한 받침축인 국영기업체에 대해 언급하지 않을 수가 없다.

조선전업, 대한중공업, 남선전기, 경성전기, 대한조선공사, 대한해운공사, 대한석탄공사 등이 그 무렵의 한국경제를 지탱하는 데 중추적인 역할을 해 온 것은 사실이다. 최소한 이 업체들 중 하나만이라도 합리적인 운영으로 제대로 발전을 꾀했다면 공업화와 경제 유지에 적지 않은 도움이 될 수 있었을 것이다. 그러나 이 역시도 어김없이 우리의 기대를 저버렸다. 당장 1959년도 하반기 결산서만 봐도 엄청난 손실금만이 줄줄이 기록되어 있을 뿐이다.

단위: 억 환

업체명	손실금
조선전업	224
대한중공업	73
남선전기	46
경성전기	35
계	378

이 네 업체만 해도 손실금이 400억 환에 육박한다. 그 외 정부 직할 8대 기업체도 무려 445억 환의 적자를 내고 있었다. 독점기업이라는 크나큰 이점과 정부의 강력한 지원을 받으면서도 이런 결과를 냈다는 것이 믿어지지 않는다.

사실 그 이유에 대한 설명은 쉽다. 정치인들이 사사로이 먹어 치운 것이다. 그러니까 이 수치와 그래프는 사자 앞에 던져진 토끼의 참상이다. 그들은 자기네 계열의 관리인을 임명한다. 그리고 그 하수인으로부터 자리의 대가를 상납받는다. 정권에 변동이 생길 때마다 관리기업체들은 이권 시장의 상품이었고 눈 뜨고는 못 볼 추태에 갖가지의 희비극이 공연되었음은 국민 여러분이 직접 목격한 바 있으므로 생략하기로 한다. 애초부터 여기에 희망을 걸고 고객 위주의 올바른 운영을 바랐던 것 자체가 잘못이었는지도 모르겠다.

고객 본위라는 말이 나왔으니 하는 말인데, 그들은 국민에 봉사하는 친절한 사업인이기는커녕 그저 폭군이었을 뿐이다. 이런 관리기업체를 그대로 두면 어떤 일이 벌어질까. 경성전기와 남선전기의 경우를 보면, 이들 두 기업체는 조만간 부채가 자산을 잡아먹을 형편이다. 경성전기는 총 자산액이 90억 환이고 남선전기는 100억 환이다. 만약 적자 35억 환과 46억 환의 1959년도 결산보고서가 그대로 계속되면 불과 3년 미만에 결딴이 난다. 그다음으로는 자산 없이 부채만 짊어지고 가는(그러면서 부채를 계속 늘려 나가는) 끔찍한 일이 벌어진다. 이는 4·19 이후 데모대가 시도 때도 없이 거리를 누비던 공포보다도 무서운 일이다. 당장 이 사실만 봐도 혁명의 불가피함을 찾아볼 수 있는 것이다.

6) 은행 대출로 본 부실기업 실태

그렇다면 국가산업의 또 하나의 주요한 축이자 중요 관민 기업체인 은행의 실태는 어떠하였나. 1961년, 당시 민의원 예산결산분과위원회가 행한 국정감사보고에 나타난 산업은행의 연체 대출 내역을 보자.

단위: 천 환

기업체	총 대출액	기업체	총 대출액	기업체	총 대출액
태창방적	7,243,449	동립산업	5,976,916	대한조선공사	4,344,530
중앙산업	586,804	대한중공업	6,527,821	척방염업	853,866
조선주택영단	8,878,188	대명광업개발	796,854	신흥제지	1,706,830
수도영화	1,146,679	대한조선철공소	853,866	삼화비료	364,128
기아산업	1,457,902	성암주정	224,596	조선제분	730,461
한일공업	413,482	금강융단	212,049	조선기계제작소	780,006
한국미창	327,961	대한중앙산업	555,036	농협중앙회	961,540
해남초자공업	438,063	대한주정공업	204,335	제주주정공업	214,516
삼길광업	146,135	부국도자기	156,132	대한산업개발	299,472
흥화공작소	270,734	국안방적	270,407	국경제분	205,531
동해실업	728,321	남북건설	256,322	동양축산공업	284,931
삼익무역	156,259	계(34개소)	48,574,122 (이자 10,271,000)		

대출 액수도 놀랍거니와 이들 기업체들은 그 원금의 전액 내지 그중 일부 또는 그 이자에 이르기까지 전연 갚지 못하고 있었다. 충격으로 열린 입이 닫히지 않는 상황이다. 그리고 이 중 태반이 기업체 자체를 경

매처분하여야 할 사정이었으며, 연체이자의 초과마저도 담보가치의 미달로 산업은행이 결손 처분하지 않을 수 없는 실정이라고 들었다.

이 돈은 다 어디로 갔는가. 이 자금으로 구 정권이 해 놓은 일은 대체 무엇인가. 당국은 어쩌자고 이런 실정을 수수방관하고 있었던가. 정권과 기업이 부정과 부패의 우산을 사이좋게 쓰고 있었던 표본을 우리는 여기서도 생생하게 관람할 수 있다. 이래 놓고도 무슨 면목으로 구 정객들은 다시 국민 앞에 나서려는 것인가. 역시 철가면이다.

"그것은 내가 한 짓이 아니고 내 동료가 한 것입니다."

잠시는 이렇게 더러운 손을 감추고 발뺌을 할 수 있을 것이다. 그러나 이제 국민들은 다 알고 있다. 앞으로 또 그들에게 전과 같이 마음대로 국민의 피땀을 요리할 수 있는 기회를 준다면 국가의 자산이 어떻게 날아가고 다음 세대가 어떤 환경에 직면하게 될 것인가를 이제는 국민들이 똑똑히 알게 되었다는 것을 구 정객들은 깨달아야 한다.

'마치 불난, 도둑맞은 폐가를 인수하였구나!'

이는 본인이 구 정권을 인수하였을 때의 솔직한 심경이다. 쓸쓸한 황야 가운데 서 있는 초라한 초가집을 터전으로 하여 전연 새로운 살림을 꾸려 나가야 하는 상황이었다. 그러나 모르는 바 아니었고 혁명 이전에 충분히 살펴 온 현실이었다.

혁명 이전 1960년대의 한국경제가 패망한 사실이나 미국의 대한 원조가 역시 별 성과를 보지 못한 것은 이미 지적한 바 있다. 원조는 연간

2억 달러 내외인 반면 매년 평균 5천만 달러 선을 오르내리는 국제수지의 역조로 한국경제는 연평균 3억 달러의 적자를 내고 있었다. 다시 말해 이 이야기는 우리가 외국의 원조 없이 자립경제를 달성하려면 우리 스스로의 힘으로 연간 3억 달러(구화 3,900억 환)를 더 벌어들여야 한다는 뜻이 된다.

그러나 이 액수는 어디까지나 단지 국가경제의 수지일 뿐이다. 공업화, 그리고 기타 모든 경제의 향상을 위해서는 그보다 몇 배나 더 되는 액수를 벌어들이지 않으면 안 된다. 그러나 구 정권은 돈을 벌어들이기는커녕 외국에서 공짜로 주는 돈도 제대로 사용하지 못하고 철두철미 낭비로만 일관했을 뿐이다. 국내의 정치, 사회는 파국적인 사태가 끊이지 않고, 이를 틈타 물가는 나날이 상승하였으며, 통화의 팽창은 앞날의 한국경제에 크나큰 위협을 가하고 있었다. 반면 미국의 원조는 순차적으로 삭감되어 갔고, 외래상품까지 흘러들어와 국가경제는 다시 일어날 수 없는 지경에까지 이르렀다.

하루속히 자주경제를 확립하여 경제전쟁에서 공산 북한을 앞지르고 국제사회의 일원으로서 대응할 수 있는 역량을 갖추었어야 하는데도 구 정권은 무감각한 채 낮잠에만 취해 있었다. 거듭 말하거니와 혁명은 바로 이 같은 경제적인 사명감에서 거사되었던 것이다.

3. 4·19혁명의 안타까운 유산流産과 민주당의 끔찍한 유산遺産

수많은 희생자를 낸 4·19혁명으로 마침내 우리 국민은 그토록 갈구해 마지않던 새로운 공화국의 출현을 보게 되었다. 그러나 불로소득처럼 정권을 차지한 민주당 정권은 국민의 뜻을 받들지 못했다. 민주당 정권은 어떤 정권이었는가. 그들은 고귀한 희생의 대가로 성취한 혁명을 완성할 책임을 팽개치고 사명을 역행한 반혁명적 배신자였다. 그들은 우리 민족이 사상 최초로 성사시킨 민권혁명을 동력으로 민족중흥을 이룰 일대 호기를 스스로 접은 역사의 반동이었다. 그들은 국민들로부터 국가대권을 백지위임받다시피 하였음에도 불구하고 국민의 소망을 배반한 집단이었다. 거기서 끝이 아니다. 그들은 분열과 상잔(相殘)으로 국정을 뒤로 한 무책임한 정권이었다. 그들은 든든한 미국의 지원에도 불구하고 자체의 허약함으로 정권 자체가 흔들린 무능한 집단이었다. 그들은 정당과 국회와 정치에 대한 국민의 불신을 가중시켰고 허울만 좋은 민주주의 흉내로 사회 전반에 혼란을 증폭시켰으며 도의를 땅에 떨어뜨린 정권이었다.

그 결과 민주당 치하에서는 자유당 못지않은 의혹사건이 속출했고, 계보정치를 서슴지 않는 후진정치의 전형을 매일같이 선보였다. 이러한 틈을 타서 공산주의 독버섯이 슬금슬금 머리를 쳐들었고, 혁신세력들이 목소리를 높여 그 세(勢)가 해방 이래 최대로 강성하였으며, 급기야는 남·북한 자체의 판문점 공동위원회가 제기되기에 이르렀다. 그뿐인가. 의사당에서는 백주(白晝)의 폭력이 난무하고, 사회 전반에 일본색이 짙어져 마치 해방 이전으로 돌아간 착각마저 들 지경이었다.

이렇듯 민주당 정권에 대한 국민의 실망과 분노는 일일이 늘어놓기도 지겹다. 이는 초등학교 고학년 정도면 직접 눈으로 확인한 것들이며 전작(前作)인 『우리 민족의 나갈 길』(1962)에서 이미 논한 바 있으므로 크게 셋으로 정리해 보기로 하자.

첫째, 민주당 정권은 친일과 미국일변도주의로 우리의 주체의식을 상실하게 만든 배타 정권이었다.

둘째, 민주당 정권은 한동안 잠잠하던 적색(공산주의), 회색(기회주의), 백색(우익 폭력주의)의 재등장을 끝내 나 몰라라, 모른 체로 방임한 색맹 정권이었다.

셋째, 민주당 정권은 아침저녁으로 도시와 농촌에 넘치던 데모대로 인하여 갈피를 못 잡던 유랑 정권이었다.

자유당 정권의 실정(失政)은 집권 후 민주당 정권에 의해서 되풀이되었다. 민주당은 간판만 다를 뿐 그 내용은 자유당과 조금도 다를 바 없었다.

4·19학생혁명은 자유당 정권을 타도하였다. 5·16혁명은 민주당이라는 가면을 쓰고 있던 내면상의 자유당 정권을 뒤엎은 것이었다. 본인이 기회 있을 때마다 5·16군사혁명이 4·19학생혁명의 연장이라고 강조하는 이유가 여기에 있다.

치열했던 수많은 전투에서 참으로 용감하게 외적을 물리친 우리 국군 동지들은 이번에는 외적 이상으로 나라를 망치고 있는 내적(內敵)들과 구 정객들을 겨냥하여 한강을 건넜다. 누구는 그 같은 비상수단을 군인들의 불만으로 비하했다. 누구는 그것이 국토방위 사명에 배치된다고도 트집을 잡았다. 그러나 그런 잡음은 우리의 귓전을 어지럽히지 못했다. 우리의 고막은 전투와 전투를 거치는 동안에 이미 두꺼울 대로 두꺼워졌기 때문이다. 그 말은 우리의 귀에는 오직 국민의 함성 외에는 들리지 않는다는 뜻이기도 했다.

한강을 건너면서 본인은 많은 생각을 하고 있었다. 민주당 정권의 구악(舊惡)도 구악이지만 그보다도 본인의 뇌리에 맴돌고 있던 것은, 한국 정치의 병폐와 그 지독한 고질병을 어떻게 해결하느냐 하는 문제였다. 한국 정치의 이 같은 증상은 비단 민주당 정권 하나에 국한되는 것이 아니었다. 자유당이고 신민당이고 무소속이고 할 것 없이 거의 공통적인 것으로, 말하자면 한국 특유의 악의 유산 같은 것이었다. 이에 대한 근본적인 대책이 없이는 우리는 내내 정치 노이로제에 시달리지 않을 방법이 없는 것이다.

따라서 여기에 필연적으로 제기되는 과제는 '구 정객과 제3공화국의 관계'를 어떻게 설정할 것인가에 집약된다. 이는 어디까지나 한 개인이나 한 집단에 국한된 것이 아니라 근본적으로 한국 정치의 생리를 개선하여 완전히 새로운 정치풍토를 조성하는 것을 말한다.

민주정치에서도 하나의 강력한 지도원리가 확립되어야 한다. 물론 민주정치에 있어 그 중심은 정당과 의회에 있고 그 각각의 이념과 정강, 정책 등에 있다는 것을 모르는 것은 아니나, 같은 보수주의 노선으로 동일한 사회를 실현할 거라면 일관성 있는 강력한 지도원리가 요청되지 않을 수 없다.

제도 역시 마찬가지다. 서구적 민주주의의 제도가 한국과 같은 후진국 사정과 조화되지 못하고 갖가지 부작용을 초래하였음은 이미 우리가 절실히 통감해 온 사실이다. 봉건사회를 벗어나 급작스럽게 완전한 민주사회로 전환하자니 부드럽게 단계 단계를 밟을 수가 없었다. 따라서 우리는 어떠한 형태이든 새로운 제도를 설정해야 할 것이다.

마지막이 한국 정치의 병폐 원인을 찾아 개선하는 일이다. 이 원인은 보는 사람에 따라 달라질 수도 있겠지만 본인은 거두절미하고 다음 세 가지를 들고 싶다.

첫째, 유권자 대중의 정치 무관심이다. 말하자면 정당과 의원의 선택에 소홀하다는 것이겠다.

둘째, 정치인 자체의 파벌의식이다.

셋째, 정치자금의 비공식적인 조달 경로다.

이렇게 항구적으로 각종 시책과 사회적 계몽을 통하여 구 정객을 대체할 수 있는 세대교체를 촉진하고 선거과정 일반을 연구하는 한편, 정치자금에 대한 공식 조달 제도를 강구하지 않으면 결코 한국 정치의 면목을 새롭게 할 수 없을 것이라 확신한다.

4. 폐허의 한국 사회

정치활동 금지가 전면적으로 해제된 후 후 민주당 재건파들은 그들이 집권했던 혁명 이전의 9개월을 '민주정치의 만발기(滿發期)'라며 궤변을 토하고 국민들을 현혹하고 있다. 천만의 말씀이다. 이제껏 겪어 보지 못한 혼란과 공포의 시간들이었다. 650 대 1의 환율은 하루아침에 1,300 대 1로 껑충 뛰어올랐다. 그 지경에서도 그들은 이권과 파쟁에만 골몰했으니 그 기간은 무정부상태나 다름없었다. 그런 게 민주주의가 만발한 상태라 한다면 우리는 국어사전에 나온 '민주'라는 단어를 새롭게 바꿔 써야 할 것이다. 그따위를 가리켜 '자유의 낙원'이라 한다면 우리는 우리가 알고 있던 자유의 개념에 물음표를 달지 않을 수 없을 것이며, 동시에 자유라는 단어에 공포를 느끼지 않을 수 없을 것이다. 당시에 누리던 자유란 파괴와 폭행, 무법천지, 간첩의 횡행 등이었을 뿐이기 때문이다.

본인은 그와 같이 퇴조하는 사회 여러 상황은 물론이거니와 국민의 정신이 해이해지고 무기력해지는 데 우려를 감출 수가 없었다. 좀 더 자세히 말하자면 '우리 것', '한국적인 것', '한국인다운 것'은 나날이 쇠퇴하고 대신 '미국적인 것', '서구적인 것', 그리고 '일본적인 것'이 등장하는 데 대한 분노였다. 민주당 정권은 이를 가리켜 현대 문명사회로의 발전이요 개화라 할지 모르지만, 이는 우리가 우리 것을 잃어 가고 있다는 증거일 뿐이다. 우리의 존엄성, 우리의 주체성이 '남의 것'에 밀려 풍전등화 격으로 깜박거리고 있었다.

그러나 누구 하나 이 사실에 분노로 항거한 사람이 있었던가. 집은 있어도 문패는 남의 것이었고 족보는 있어도 사생아를 면하지 못했던 지난날의 그 책임은 누구에게 있는가. 두말 할 것 없이 구 정객들이다.

5. 5·16이라는 새벽의 혁명

군은 정치에 관여하기를 원하지 않는다. 또 할 수도 없다. 4·19학생 혁명이 역도(逆徒)의 총격으로 위기에 직면하였을 때도 군은 인내하며 그 귀추를 주시하였을 뿐 마지막까지 본연의 임무에 충실했던 것은 국민 여러분이 실제 본 바 그대로다.

그러나 감내와 방관에도 한도가 있는 법이다. 경제가 파탄 나고 구정객들의 망동과 죄악으로 정치는 농락당하고 극도의 사회혼란 속에 망국의 비운이 넘실대는 긴박한 사태를 보고도 허울 좋은 국토방위의 임무만을 고수할 수는 없는 일이었다. 그것은 감내와 방관을 빙자한 부패한 정권과의 '공모'이기 때문이다. 그러므로 5·16혁명의 본질은 이 '공모'를 박차고 내부의 적을 소탕하기 위해 출동한 군의 작전상 이동이었다고도 할 수 있는 것이다.

본인은 사십 평생의 전 생애를 걸고 뜻있는 동지들과 일 분, 일 초를 아껴 가며 구국의 방법을 숙의하였고, 마침내 혁명동지들과 더불어 궐기하기로 결심했다. 본인은 냉정히 혁명군의 진격을 명령했고 그 과정에서 어떤 동요도 없었다. 어떤 정치인은 4·19혁명을 대낮의 공사(公事)이라 칭하고 5·16혁명을 밤의 거사에 비유하여 우리 혁명에 흠을 내려 했지만, 여기서 명백히 지적하고자 하는 것은 그 시각이 '밤'이 아니고 바로 '새벽'이었다는 사실이다.

새벽! 그것은 바로 이 혁명의 목적을 상징하는 시각이다. 그야말로 '민족의 여명! 국가의 새 아침!'이었다. 김포의 혁명 가도를 밟으며 본인은 밝아 오는 아침을, 그리고 그 떠오르는 태양을 마음속 가득히 그리고 있었다. 그때 앞서고 뒤따르던 혁명동지들의 표정은 지금도 잊을 수가 없다. 30대의 청춘을 민족에 걸고 오직 나라의 운명을 바로잡으려던 저들의 모습 뒤에는 사랑하는 아내와 아들딸 그리고 부모가 계시지 않았던가. 그들은, 인생을 꽃으로 치면 아직 열매조차 맺지 않은 청춘이었다. 눈물겹도록 성스러운 인간상이었다.

흐르는 한강을 내려다보며 본인은 그 강물이 어제까지 흐르지 않았던 오늘의 새 물결임을 느끼고 있었다. 묵은 것은 영원히 있을 수 없고 언제나 새롭게 역사는 그 물결처럼 흐르는 것이다. 그것은 거스를 수 없는 대자연의 섭리요 교훈이 아니던가.

우리의 지상목표는 두말 할 것 없이 4·19혁명을 계승하고 경제, 정치, 사회, 문화 전반의 향상과 신 민족세력을 배양하는 데 있었다. 본인은 이 거창한 새 역사의 바탕을 닦기 위해 당면한 행동강령으로서 혁명공약을 공포하였다. 이미 아시는 바대로 내용은 다음과 같다.

반공을 국시(國是)의 첫 번째로 삼아 지금까지 형식과 구호에만 그쳤던

반공의 태세를 재정비하고 강화함으로써 외침(外侵)의 위기에 대비하고,

유엔의 헌장을 충실히 준수하고 국제협약을 이행하며 미국을 위시한 자유 우방과의 유대를 강화함으로써 국제적인 고립에서 벗어나야 하고,

구 정권 하에서 있었던 모든 사회적 부패와 정치적인 구악을 일소하고 청신한 기풍의 진작과 퇴폐한 국민도의와 민족정기를 바로잡음으로써 민족 민주 정신을 함양하며,

국가자립 경제재건에 총력을 경주하여 기아선상에 헤매는 민생고를 해결함으로써 국민의 희망을 높이고,

북한 공산세력을 뒤엎을 수 있는 국가의 실력을 배양함으로써 민족적 숙원인 국토통일을 이룩한다.

위의 목표를 달성하기 위해 군·관·민이 총력을 집중해야 한다는 것이 혁명공약의 내용이었다. 혁명 초기, 우리는 그렇게 오랜 악의 청소에서부터 시작하여 경제개발 5개년계획에 이르기까지 불철주야 온갖 노력을 경주했다. 밤이 으슥한데도 전국의 관공서 건물은 역사상 유례없이 집무의 전등으로 불이 밝혀져 있었다.

그러나 이 같은 우리의 노력에도 불구하고 목적했던 과업은 기대했던 것과는 달리 상당한 차질을 가져왔다. 정치활동 재개 후 구 정객들의 망동이나 그 이전에도 음양으로 가해지던 어떤 상황에 대하여는 따로 언급하기로 하고 여기서는 잠시 미루어 둔다.

제2장

혁명 2년간의 보고

'마치 도둑맞은 폐가를 인수한 것 같았다'고 본인은 정권 인수 소감을 실토한 바 있지만, 진심으로 빈털터리 나라였다. 앞을 봐도 뒤를 봐도 아무리 눈을 씻고 좌우를 살펴도 본인에게 용기를 주는 낙관이나 희망은 도대체 찾을 수 없는 완벽하게 텅 빈 집이었다. 누적된 부패는 본인으로 하여금 마치 쓰레기장의 한복판에 서 있는 듯한 착각을 안겨줬다. 이런 데서 이제껏 살아온 것이 용하게 느껴질 정도였다.

그러나 그것이 본인의 용기를 억누른 것은 아니다. 오히려 더 의지가 불타올랐다. 모두 군대라는 환경에서 잔뼈가 굵어지는 동안 몸에 배고 익힌 신념과 의지 덕분이었다. 우선 이 더러운 곳을 삽을 들고 말끔히 치우고 다시는 병균이 창궐하지 못하도록 강력히 소독할 필요성을 느꼈다. 다음으로 필요한 것은 실의와 기아에 허덕이는 가족들을 위해 곡식을 심는 일과, 아무리 물벼락이 쳐도 끄떡없는 집을 짓는 일일 것이다.

1. 구악舊惡의 청소와 환경정리

조국을 이 지경으로 만든 구 정객에 대한 청소 없는 혁명은 무의미한 것이다. 우리만 그런 것이 아니고 이는 이제껏 모든 혁명의 상식이다. 4·19혁명이 결실을 보지 못한 것은 바로 이 때문이다. 청소를 직접 하지 않고 남에게, 그것도 청소의 대상들에게 위임했으니 그 혁명은 '의거'로 변색될 수밖에 없었던 것이다. 물론 같은 동포끼리 가두고 처벌하는 것은 참으로 가슴 아픈 일임에 틀림이 없다. 그러나 큰 뜻과 명분 앞에서 값싼 인도주의(엄격히 말해서는 그렇게 말할 것도 아니지만)나 감상적인 도덕관에 얽매일 수 없는 일이 아닌가. 진정 눈물을 머금고 본인은 그들을 엄단하지 않을 수 없었다. 그러나 이는 절대로 혁명 과정의 일상적이고 형식적인 절차도 아니었고 원시적인 보복도 아니었다. 마땅히 있었어야 하는 일이었기에 290일간에 걸친 공정하고도 합법적인 재판의 과정을 거쳐 이루어진 일이다.

250건의 재판에 연루된 인원은 697명, 여기에는 상당수의 극형이 포함되어 있다. 죄는 밉지만 인간을 미워해서는 안 된다. 하물며 그가 한 집안의 가장일 때, 집안의 기둥을 잃은 가족을 생각하면 참으로 가슴 아픈 일이다. 이 비극의 교훈이 거울이 되어 다시는 이 같은 일이 되풀이되어서는 안 될 것이다.

구정(舊政)의 책임을 지고 재판대에 선 고위 정객들과 더불어, 지난날 이들과 공모한 수천의 군소 정객에 대하여서는 「정치정화법」을 제정하여 반성의 기회로 삼게 했다. 국민 여러분이 아시다시피 이들이 잠자코 있게 됨으로써 혁명과업은 신속하고도 알찬 결과를 맺었다.

그러나 언제까지 그들을 묶어 놓을 수는 없는 일이었다. 혁명과업과 민주과업이라는 딜레마 앞에서 우리는 참으로 오래 망설이지 않을 수 없었다. 실제로 이들이 다시 정계에 복귀한 그날부터 국가와 민족이 기대하는 혁명대업이 얼마나 부당하게도 국민에게 왜곡 선전되어 지장을 가져왔는가.

한편 정치와 공생관계를 맺으며 그 그늘에서 온갖 사회악을 저질렀던 경제계에 대해서도 우리는 예리한 수술의 칼날을 들었다. 사실은 정치보다 먼저 숙청되어야 할 대상이 이들이었다. 혁명정부는 이들 부정축재자 59명에 대하여 총액 57억 5,254만 3,368원(외화변제액 8억 9,875만 9,108원 포함)을 몰수하기로 판정하였다. 물론 이들은 4·19 이후 민주당 정권에 의하여 한때 수술대에 오르기는 하였다. 그러나 그것은 국민의 눈을 속이기 위한 연극에 불과했고 그들의 정치자금을 뽑아먹기 위한 우회적인 방법에 지나지 않았음은 앞에서도 지적한 바 있다.

혁명정부는 이 외에도 행정 부문의 불필요한 여러 제도를 쇄신했다. 제도의 쇄신 없이는 발전의 터전을 기약할 수 없기 때문이다. 총 614건의 각종 구 법령을 정리하고 372건의 구 법령을 법률, 각령(閣令), 부령

(部令)으로 대치하는 동시에 2,890여 건의 여러 법령을 정리했다. 또한 한말(韓末) 이래 전래되어 온 각종 공문서와 2,927종에 달하는 민원서류를 간소화하여 대민행정에 일대 수술을 단행했다.

한편 건국공로자의 표창에는 성의를 다했다. 독립 애국 투사의 후예가 생활고에 허덕이고 있는 참상이 신문 지면을 메워도 구 정권은 내내 나 몰라라였다. 혁명정부는 그들의 공을 찬양하고 생활을 부조하는 방안으로 205명의 건국공로자와 186명의 4·19 유공자, 그리고 2,876명의 사회유공자를 표창했다(1963년 7월 현재). 이는 국민의 기풍을 바로잡고 신상필벌의 기강을 확립하기 위함이다.

윤락여성 문제는 시급하고도 강력한 행정적 조치가 필요한 부분이었다. 이 문제의 해결 없이 건전한 사회는 도저히 기대할 수 없는 일이다. 그러나 윤락의 이유와 원인이 결국 생활고임이 밝혀진 이상 이들에 대하여 특정 구역을 설정하여 그 안에 거주하게 하고 윤락생활을 벗어날 수 있는 직업교육 등을 강구함으로써 개선의 결과를 기대하고 있다.

2. 혁명 2년간의 경제

1) 제1차 경제개발 5개년계획

혁명공약에서 정부가 민생고를 시급히 해결하겠다고 한 것은 자주경제의 확립을 뜻한다. 1차적으로 정치계를 정화한 혁명정부는 제2차로 경제 향상에 총력을 집중했다. 건국 이래 처음으로 우리는 '경제개발 5개년계획'(1962~66)을 수립하고 그 거보(巨步)를 내디딘 것이다.

원래 이 계획의 최대 주안점은 대한민국의 사회적, 경제적 발전을 저해하는 일체의 부정부패와 사회악을 제거하여 새롭고 건전한 경제의 질서를 세우며, 이와 동시에 자원의 합리적인 배분과 효율적인 사용을 통해 경제발전의 토대를 견고히 다지고, 공업화와 기타 산업구조를 균형 있게 조정하기 위함이다. 구 정권 10여 년 동안 책상 서랍 속에서 잠자고 있던 이 계획안은 앞으로의 성공 여부보다도 우선 계획안을 완성했다는 그 하나만으로도 충분한 가치가 있다. 이는 단적으로 말해 민족국가 경제재건에 혁명정부가 얼마나 큰 관심을 가지고 있는지를 증명하는 본보기라 해도 좋을 것이다.

이제 이 계획의 개관을 소개하여 국민 여러분과 함께 검토해 보기로 하자.

5개년계획의 기본 방향

이 계획을 수행하는 동안, 경제체제는 되도록 민간의 자유와 창의를 존중하는 자유기업제도를 원칙으로 하고 있다. 그러나 기간산업 부문에 있어서만은 정부가 직접, 간접으로 관여한다는 입장이다. 그렇게 함으로써 민간의 자발적인 활동과 의욕을 자극할 수 있기 때문이다. 즉, '기업지도주의'를 택하고 있는 것이며, 개발하려는 목표의 중점은 다음과 같다.

1. 전력, 석탄 에너지 공급원의 확보
2. 농업생산의 증대에 의한 농가소득의 상승과 국민경제의 구조적 불균형 시정
3. 기간산업의 확장과 사회간접자본의 형성
4. 유휴산업의 활용, 특히 고용증대와 국토의 보전과 개발
5. 수출증대를 주축으로 하는 국제수지 개선
6. 기술의 진흥

이러한 목표를 달성하기 위해서는 무엇보다 인적 자원과 자연자원의 합리적인 결합이 이루어져야 한다. 우리가 가지고 있는 것은 그대로 활용할 것이지만 그래도 부족한 것은 외자도입으로 메우지 않으면 안

되는데, 그러한 자원 공급을 위해서는

1. 국내 자원의 최대한 동원과 외자도입의 촉진 및 정부 보유 외화의 계획적 사용
2. 국내 노동력의 최대한 활용에서 오는 자본화
3. 건전한 성장 과정을 위한 안정된 바탕 위의 발전을 기하도록 해야 하는 것

등을 수행해 나가야 할 것이다.

5개년계획의 내용

이 개발기간중의 경제성장률은 연평균 7.1퍼센트이다. 5개년 동안 국민총생산은 4.7퍼센트씩 증가시켜 목표연도의 국민총생산은 3,200억 원으로 한다. 수출액은 기본연도의 4.2배인 1억 3,800만 달러로 증대시켜 국제수지를 개선하고, 산업구조를 균형화하여 2차산업의 비중을 1차연도의 19.4퍼센트에서 26.1퍼센트로 높이도록 한다. 그리고 이 계획 전체에 투자되는 총액 3,200억 원은 국내 조달이 2,300억 원이고 나머지는 외자로 되어 있다. 이 중 내·외자 총액의 44퍼센트에 해당하는 1,428억 원은 민간 부담으로, 나머지 56퍼센트인 1,780억 원은 정부가 조달하도록 되어 있다.

산업별로 본 투자 내용은 총 투자액의 49퍼센트를 전기, 교통, 통신,

주택 등의 3차산업 부문에, 34퍼센트를 광공업인 2차산업 부문에, 농촌, 수산업계를 위한 1차산업 부문은 17퍼센트로 되어 있다. 이에 따라 1차산업은 1차연도의 5.3퍼센트가 목표연도에는 6.2퍼센트로 증가되고, 2차산업은 11.1퍼센트에서 17.3퍼센트로, 3차산업은 3.8퍼센트에서 4·8퍼센트로 각각 성장하도록 되어 있다. 이에 소요되는 재원은 국민총생산에서 소비되고 남은 국내 저축과 외국 원조와 외자도입에 의하여 마련될 것이며 소비재 생산을 억제하고 생산을 증대하여 수출로 획득되는 외화로 충당했다.

한편 국내 재원 중 가장 기대되는 저축은 과거 국민총생산의 3.7퍼센트로부터 이 계획기간 동안 8.7퍼센트로 늘어날 것으로 예견하고 있다. 해외 자원의 투자기대율은 초년도의 8.6퍼센트에서 13.9퍼센트로 증대하였다가, 계획 후반기에 와서는 국민저축의 증대로 점차 줄어든다. 이러한 가운데 외자 조달은 미국 원조정책의 전환에 따라 무상원조가 감소될 것이므로, 장기개발차관과 기타 우방으로부터의 외자도입을 적극 서둘러야 할 것이다.

5개년계획의 실적

1차연도를 끝마치고 2차연도에 접어든 이 계획은 지금 예정대로 활발히 진척되고 있다. 그러면 그동안 1차연도에 있어서의 실적을 살펴보기로 하자.

이 기간중에 계획된 사업은 1차산업 부문이 19개 사업체, 2차산업

부문이 39개 사업체, 그리고 3차산업 부문이 50개 사업체로 도합 108개 사업체인데, 이것을 진도별로 보면 그 실적은 다음과 같다.

자금 집행 면 정부부문은 재정융자계획 285.4억 원의 86.2퍼센트에 해당하는 246억 원, 민간부문은 자금계획 99억 원의 55.5퍼센트인 55억 원이 진행되었는바, 민간부문이 이같이 부진한 것은 그것이 순수한 민간사업이므로 그 진행 상황 파악이 곤란한 데서 나타나는 현상으로 실제 총액은 상당히 높은 것으로 기대된다.

내·외자별 내자는 계획총액 337억 원에 대하여 80.5퍼센트인 371억 원, 외자는 47.5억 원의 62.5퍼센트인 29.7억 원이 집행되었다. 외자면이 부진한 까닭은 차관을 포함한 외국으로부터의 물자 도입이 늦어진 데서 온 것이다.

산업별 1차산업 부문은 연간계획 총 액수 98.4억 원의 97.4퍼센트인 95.9억 원, 2차산업 부문은 110억 원의 75.1퍼센트인 82.7억 원, 3차산업 부문은 176억 원의 70퍼센트인 224억 원이 집행되었다. 그리고 이 자금 집행 실적 중에서 정부부문이 81.5퍼센트인 데 비하여 민간부문은 70퍼센트의 지수를 나타내고 있을 뿐이다.

비율별 분석 이상 108개 사업체 중에서 심사분석 대상 102개 사업을 기준으로 한 사업 추진 상황을 보면, 100퍼센트 이상 달성된 사업이 31개 사업체이고, 90퍼센트 이상이 47개, 80퍼센트 이상이 8개, 나머지 6개만이 50퍼센트 이하로 저조하다.

이상으로 경제개발계획의 1차연도 상황을 개관해 보았다. 비록 100퍼센트의 진행은 보지 못하고 있으나 두 번에 걸친 혁명(4·19와 5·16)을 치른 내외 정세와 수많은 불리한 여건, 특히 이 사업에 절대불가결한 외자도입 상의 교섭 시일 관계와 국민들의 적극적인 협조 부족 등에도 불구하고 이만큼이라도 진척을 보았다는 것은 실로 초현실적인 실적이라 하지 않을 수 없다. 특히 우리가 앞서의 분석에서 본 것과 같이 이제 민간부문에서도 정부부문에 못지않은 분발이 있어야 할 것이다. 본인은 어떠한 난관과 마주치는 한이 있더라도 이를 극복하고 성공의 길로 매진하여 나갈 것이다. 이것은 큰 사업의 책임을 가지고 있는 본인의 지상과제이자 의무라고 믿기 때문이다. 이 계획의 성공 없이 우리의 자립경제는 확립될 수 없을 것이고 혁명의 보람도 없게 될 것이다.

국민 여러분이 명심하고 다짐할 점은 바로 이것이다. 이 계획의 완수 없이는 자주독립도, 복지사회 건설도 한갓 헛구호에 불과하다. 이 5개년 계획은 앞으로 2차, 3차, 4차, 5차연도에 계속 추진할 사업들이다. 그러나 속담에도 '시작이 반'이라 하지 않았는가. 물론 경제 전문가들이 말하는 무리도 결함도 없는 것은 아니다. 아니, 없다면 거짓이다. 다만 알고 있느냐(알고 하느냐) 모르고 있느냐(모르고 하느냐)의 차이밖에 없는 것이다. 더구나 이 계획의 실행 중에 야기될 갖가지 자연재해 등은 큰 타격이 될 것이다. 1차연도에 있어서 유례 없는 흉작은 그 좋은 예로, 이 계획에 상당한 차질을 가져왔다. 그러나 무(無)에서 유(有)를 얻으려면 다가올 불행을 두려워만 해서는 안 된다. 기적은 행동에서 얻어지는 것이다. 라인 강의 기적은 고난이 낳은 것이 아니고 무엇인가. 그러한 기적은 재력이나 환경의 여건이 만든 것이 아니고 오로지 하고야 말겠다는 단합된 국민정신과 노력의 소산이었다고 본인은 믿고 있다.

2) 외자도입 실적과 그 개관

혁명정부는 이 계획의 관건인 외자도입을 위해 총력을 다하고 있다. 외교를 설명할 때 따로 언급하겠지만, 이 외자도입을 위해 자유세계는 물론이고 중립진영까지 경제외교를 넓힌 바 있다. 즉, 외자도입 이외에도 수출시장의 개척과 확보 등이 그것이다. 안으로는 도입 외자의 운용을 과학화하고 관리에 관한 사무를 일원화하는 한편 경제협력국(局)을 창설하였으며, 외자도입법을 개정함과 아울러 그 시행령과 시행세칙까지 공포한 바 있다. 물론 그 이전에 경제기획원을 신설하고 그 원장의 직위를 부수반(副首班) 급으로 승격 발령한 것 등으로 미루어 보아도 국민 여러분은 혁명정부가 경제부문에 얼마나 큰 관심을 가지고 있는가를 알 수 있을 것이다.

그러나 경제는 단시일 내에 현저하게 결과가 나타나지 않는다. 경제의 파국은 하루아침에 드러나지만 발전과 향상을 보는 것은 장구한 시일을 필요로 하는 것이다. 게다가 외자도입은 참으로 까다롭다. 개인 대 개인의 경우에서도 그런데 국가와 국가 간은 오죽하겠는가. 그러나 혁명 정부가 이룩한 실적은 건국 이래로 처음 보는 큰 액수를 보여 준다. 그러나 아직도 우리가 기대하는 액수와는 아직도 상당한 차이가 있음은 말할 필요조차 없겠다.

외자도입 실적과 전망

AID 차관

1. 부산 감천화력발전소

    1961년 12월 28일 차관협정 체결

    차관액: 2,090만 달러

    실수요자: 한국전력

    시설 규모: 132,000kW

2. 제3시멘트공장

    1962년 7월 13일 차관협정 체결

    차관액: 425만 달러

    실수요자: 현대건설

    시설 규모: 연산 15만t

3. 객·화차(客貨車) 도입

    1962년 8월 17일 차관협정 체결

차관액: 1,400만 달러

실수요자: 교통부

규모: 객차 115대, 화차 800대

4. 디젤기관차 도입

1962년 8월 29일 승인

차관액: 800만 달러

실수요자: 교통부

AID차관 신청 사업

1. 충주비료공장 배가(倍加) 확장 사업

1962년 8월 10일 신청 심의중

규모 내용: 기존 시설(요소 연산 85,000t) 의 배가 확장

소요 금액: 1,900만 달러

2. 대구시 상수도사업

1962년 7월 7일 신청 심의중

규모 내용: 10만t/일

소요 금액: 240만 달러

3. 장성탄광 개발사업

1962년 7월 23일 신청 심의중

규모 내용: 연산 144만t

소요 금액: 950만 달러

유솜(USOM: 미국 대외원조기관) 차관 신청사업

1. 송전 및 무전시설 확장

 1962년 8월 31일 신청 심의중

 규모 내용: 시외전화 및 무선시설 확장

 소요 금액: 835만 달러

2. 군산화력발전소 건설

 1962년 9월 21일 신청 심의중

 규모 내용: 용량 66,000kW

 소요 금액: 1,278만 달러

3. 서울특별시 보광동 상수도사업

 1962년 7월 23일 신청 심의중

 소요 금액: 외자 유솜 검토중, 내자 6억 원

4. 중소기업 육성

 1962년 8월 16일 1차신청 심의중, 한국은행에서 2차초안 작성중

 소요 금액: 2,000만 달러 추산

AID 사업으로 추진 과정 사업

1. 당인리 화력발전소 4, 5호기 신설

 1962년 4월 26일 미 GAI사와 기술용역계약 체결

 시설 규모: 각 66,000kW

 금액: 4호기 1,243만 달러, 5호기 1,220만 달러

2. 울산화력발전소 건설

신청 추정액: 1,270만 달러

규모: 66,000kW

3. 영산강 유역 간척지 개발

그간 유엔 특별기금에 의한 네덜란드 기술단과 유엔 특별기금운영부장 디비이자 씨가 내한하여 각각 기술조사를 한 바 있다.

신청 추정액: 860만 달러

서독 차관으로 추진 중인 사업

1. 전신, 전화 가설

1962년 9월 14일 서독 해외재정원조심사위원회에서 차관이 승인되어 현재 이자율을 심의중

규모: 36,000회선

금액: 875만 달러

2. 탄전 개발

1962년 2월 26일 신청 심의중

규모: 연산 목표연도까지 1,174만t

소요 금액: 518만 달러

3. 대한조선공사 확장

1962년 2월 26일 신청, 기술조사보고중

소요 금액: 482만 달러

민간 외자도입

5개년계획 사업과 우리나라 경제 면에서 가치도가 높다고 보는 사업만을 검토하여 직접투자 3건, 차관계약 12건이 외자도입 사업으로 허가되었는데 그 내용은 다음과 같다.

금, 은, 동의 개발, 군용차량공장, 필라멘트, 나일론사공장, 송배전선(送配電線) 공장, 급속냉동·냉장공장, 방직기 및 가공기 공장, 전기기구공장, 원양어선 도입, 제4, 5, 6 시멘트공장, 세미케미컬 펄프공장

이상에서 보는 바와 같이 5개년계획에 있어서 그 1차연도인 1962년 단 1년간에 이만큼 많은 외자가 도입되었다는 것은 놀라운 일이다. 미국 자본의 도입은 물론 멀리 서독으로의 진출은 확실히 주목할 만한 성과다. 앞으로 한·일 국교가 정상화됨에 따라 일본의 자본까지 도입된다면 상당한 호전이 기대된다.

3) 산업부문별 실적

1차산업 부문

혁명정부가 가장 정력적으로 노력하였던 이 분야는 5개년계획 1차연도에 돌발적으로 일어난 유례없는 한발과 풍수해로 말미암아 치명적인 타격을 입게 되었다. 이에 정부는 긴급재해대책을 수립하고 총액 302억 원을 방출하여 가뭄이나 홍수로 인하여 씨 뿌릴 시기를 놓쳐 대

신 다른 곡식의 씨앗을 뿌리는 대파(代播) 종자의 보급과 그 작업비용, 그리고 양수기 비용에 충당하는 한편, 연인원 935만 명을 동원하여 그 복구는 물론이고 앞으로 있을지 모르는 재해 방지까지 만전을 기하였다. 이 재해로 인해 1차연도 농림부문의 성장은 10.3퍼센트로 주춤했고, 부가가치 면에서 계획된 879억 원은 794.6억 원으로 약 80억 원의 감소를 보였다. 그러나 수산부문은 20.1퍼센트의 성장으로 부가가치계획 31억 원은 35.2억 원으로 4.2억 원의 초과를 보여 줌으로써 전체적으로 전년도 대비 성장률로 보면 5.3퍼센트에서 9.3퍼센트로 증진한 셈이다. 그리고 이 부문의 1차연도 계획사업체의 추진은 19개 사업체 중 100퍼센트 이상 완성된 것이 11개 사업체, 90퍼센트 이상이 7개 사업체다. 이렇게 보면 불과 1개 사업체만이 80퍼센트 이하로 낮게 맴돌았을 뿐으로, 상당한 진도를 보인 셈이다.

자금 집행 면에서 보면 정부와 민간의 합계 계획액 98.4억 원의 97.4퍼센트에 달하는 95.9억 원의 집행 실적을 기록함으로써 거의 100퍼센트의 진척 상황을 나타내고 있다.

2차산업 부문

공업화에 의한 경제구조의 낙후성 극복을 목적으로 하는 5개년계획에서 2차산업은 가장 큰 비중을 차지하고 있다. 이 부문의 1차연도 국민총생산의 추정 실적은 기준연도 성장률 4.1퍼센트에 비해 1962년도에는 11.1퍼센트 성장을 기록하였다. 그런데 이것을 부가가치 면에서 본다면 계획된 475.8억 원에 비하여 510.4억 원의 실적을 올림으로써 결국 같은 해 11.1퍼센트에서 3.1포인트가 증가된 14.2퍼센트의 성장률을 나타냈다. 또한 사업 진척 상황을 보면 심사분석 대상 34개 업체 가운데 이미 계획 초과 사업체만도 5개나 되고 90퍼센트 이상이 18개, 80퍼센트 이상이 4개이고 나머지 7개 사업체만이 60퍼센트 선을 오르내렸을 뿐으로, 비교적 좋은 성적이라 할 수 있다.

이번에는 자금 집행 면을 보자. 동년도 계획액 110억 원에서 정부와 민간의 집행 실적을 보면 정부 재정융자 연간 계획액 69.6억 원의 83.2퍼센트인 57.9억 원을 보이고, 민간 자금은 계획액 40.4억 원 중 24.7억 원이 집행되었다. 이를 다시 부문별로 본다면 광업은 연간 계획액 18.8억 원 중 16.3억 원이 집행되고(86.4%), 제조업은 계획액 91.3억 원 가운데서 73퍼센트인 66.4억 원이 사용되었는데 이는 주로 신규 공장의 건설 준비와 여러 방면의 기초조사와 기술용역계약 등으로 사용되었다.

3차산업 부문

전력, 운수, 보관, 통신, 주택, 교육, 보건 및 기타 서비스업을 내용으로 하는 이 부문의 1962년도 국민총생산 추정을 살펴보자.

기준연도 성장인 1.8퍼센트에 비하여 동년도 계획은 3.8퍼센트에 달하였고, 부가가치 면의 실적은 계획액 1,066.9억 원이 1,132.7억 원으로 증가했다.

여기에 그 사업 진도와 자금 집행 면을 보면 각각 다음과 같다.

첫째, 사업 진도는 심사분석 대상 48개 사업체 중 90퍼센트 이상이 36개로서 압도적이며 80퍼센트 이상이 7개 업체로서 그다음, 그리고 60퍼센트 이하에서 맴돌고 있는 것은 단 1개 사업체뿐이다.

다음으로 자금의 집행 상황을 보면, 정부와 민간 자금을 합하여 전력 관계가 계획액 25.7억 원 중 13.7억 원, 보관과 운수 부문이 12억 원에서 5.5억 원이 집행되었으며 통신이 계획액 1.7억 원에서 1.5억 원, 교육과 보건 부문이 5.5억 원보다 2억 원이 증가된 7.5억 원, 서비스업이 또한 0.3억 원 증가된 11.4억 원이 집행되어, 결국 총체적으로 보면 계획액 59억 원의 70퍼센트인 40억 원이 집행되었다.

이상과 같이 실제 현황을 보면 우리는 여러 가지 감회를 느낄 수 있을 것이다. 더러는 60퍼센트 이하로 맴돌고 있는 분야도 있으나 대부분이 80~90퍼센트 선을 유지하고 있어 우리의 5개년계획의 전망은 상당히 밝다 하지 않을 수 없다. 구 정권의 악정(惡政)으로 생긴 환경의 악조건이 산처럼 거대한데도 불구하고 그만 한 실적을 쌓아 올릴 수 있었다는 것은 참으로 기적에 가까운 결과라 할 것이다.

그러나 낙관은 아직 이르다. 로마가 하루아침에 이루어지지 않았듯이 우리의 경제 향상 역시 하루아침에 이루어지지 않을 것이기 때문이다. 그러나 확실히 말해 둘 것은, 이 1차연도의 실적이 향후 5개년계획의 기초가 될 것이란 사실이다.

4) 주요 산업별 실적 검토

수출 진흥

경제개발 5개년계획의 목표연도에 1억 1천만 달러 선의 수출증대를 목표로 하고 있다. 이를 위해 혁명정부는 5·16 이후 수출산업에 대하여 최대한 특혜조치를 강구하고 한편으로는 수출실적 링크제도를 실시하여 수출, 수입에 있어서의 외환수급계획 상의 균형을 유지하게 하였다. 또한 5개년계획의 수행에 필요불가결한 원자재의 도입을 원활하게 촉진하기 위한 제반 조치도 취한 바 있다. 즉, 수출과 군납, 그리고 보세(保稅) 가공무역 등의 수출증대를 위해 정부가 할 수 있는 각종 편리를 제공한 것이다. 특히 「수출조합법」의 제정과 운용, 대한무역진흥공사의 신설을 비롯하여 해외 선전, 무역거래 알선, 시장의 개척, 각종 해외 박람회 참가 지원, 동남아지역과 서구지역 그리고 인도네시아에 통상사절 파견, 자유중국(대만)을 비롯해 필리핀, 태국, 일본 등과 머지않아 통상협정을 체결할 준비까지 갖추는 등 전면적인 뒷받침을 아끼지 않았다.

그 외에 특기할 만한 것으로 1962년 3월과 4월, 그리고 7월에 미국, 서독, 홍콩, 중국, 일본 등에 상무관(商務官)을 파견한 일이다. 이것은 한국 수출의 전위(前衛)로서 중요 국가에 대한 시장 확보와 무역정책 수립에 필요한 기초자료를 수집하는 데 큰 성과를 거둔 것으로 알고 있다.

우리의 이와 같은 노력으로 나타난 실적은 과연 어떤가. 1960년 혁명 이전에 3,464만 1천 달러였던 수출이 1961년 혁명 1년에 와서는 4,290만

1천 달러로 상승했으며, 1962년도에는 목표액의 93퍼센트인 5,481만 달러를 달성하기에 이르렀다. 물론 7포인트의 미달이 마음에 걸리기는 하나, 그래도 구 정권에 비해 2천만 달러를 초과하게 되었다는 것은 크나큰 격려가 아닐 수 없다.

광업부문 개발

정부는 동력의 원동력인 석탄 개발 촉진을 위하여 대한석탄공사의 운용을 합리화하고 아울러 석탄개발위원회를 설치하였다. 또 한편으로 광구의 실태조사와 대단위 탄좌 개발회사의 신설, 시설자금의 방출, 석탄개발센터의 설치 운영 등 제반 시책을 강구한 결과 1961년에는 생산계획량 390만 톤보다 5만 톤이 더 많은 395만 톤을, 1962년에는 또 생산계획량 689만 2,320톤을 7퍼센트 초과한 생산량인 744만 4천 톤의 실적을 달성했다. 1962년 3월과 6월에만 각각 63만 톤과 63만 8천 톤을 생산한 것으로, 구 정권 때의 1959년 같은 달 생산실적인 32만 톤의 약 2배에 해당하는 생산량이다. 이는 또한 건국 이래 최고 기록이기도 하다.

석탄 이외의 중요 광산물의 실적은 어떤가. 1961년도의 실적은 구 정권 때인 1960년도에 비해 132.65퍼센트의 증산을 보였는데, 중요 광물 산업별로 보면 다음과 같다.

철광석 488,872t (124%)

중석 6,302s/t (127%) ※s/t는 쇼트톤(short ton), 약 0.907t

금 2,615kg (127%)

은 14,320kg (139%)

석회석 1,264,600t (198%)

다시 1962년도 실적을 1960년도와 대비해 보면,

철광석 470,744t (120%)

중석 6,391s/t (130%)

금 3,313.688kg (163%)

토상흑연 183,879t (201%)

형석 32,970t (173%)

에 달하는 놀라운 증산 실적을 거둔 것이다.

전력부문 실적

이 부문은 참으로 한심한 상태에 있었다. 이를 감안하여 혁명정부는 제1차 전원(電源) 개발 5개년계획을 작성하여 시책의 종합적인 검토와 전력 손실 방지, 전력회사의 통합 등으로 우선 경영합리화를 단행하기로 하였다

전력회사 3사의 통합은 구 정권 시 총 보유 발전설비가 불과 37만

킬로와트에 불과함에도 불구하고 이를 3사가 분리경영함으로써 필요 이상의 출혈을 가져왔음을 감안, 모든 잡음과 반대를 무릅쓰고 「한국전력주식회사법」을 제정 공포한 데서 이루어진 것이다(1961년 7월 1일자). 3사의 통합은 누적된 적자운영과 전력 부진을 말끔히 떨어 없애기 위해 불필요한 인원 1,865명을 감원함으로써 연간 약 4억 4,700만 원의 경비를 절약하는 동시에 과거의 결손 3억 5천만 원을 상환하고도 연간 약 1억 원의 투자가 가능하게 되었다. 이러한 결과로 발전력은 과거 최대출력 28만 8천 킬로와트에서 34만 2천 킬로와트까지 올라갔다. 이것은 정부가 당초 1962년도 말까지 목표하였던 35만 킬로와트의 97.7퍼센트에 해당한다.

그리고 정부는 계속적으로 전원개발 5개년계획에 따라 1962년도를 기점으로 하여 1966년도에는 100만 킬로와트를 목표하고 있다. 1961년도의 필요출력 51만 2천 킬로와트에 대하여 20만 8천 킬로와트나 부족한 전력난을 시급히 해결하고 6만 8천 킬로와트의 여유 있는 출력을 계획하고 있고, 또한 1962년도의 1인당 전력수요량 73킬로와트를 목표연도 1966년도에는 106킬로와트로 증대키로 하였는데, 소요 경비와 건설기간 등을 고려하여 수력 대 화력을 207 대 793으로 하여 현재 총력을 집중하고 있으므로 1964년경부터는 전력 부족에서 완전히 탈피할 것으로 기대되는 바이다.

지금 전원개발계획으로 진행되고 있는 것은 신규 수력 건설이 2개소, 신규 화력 건설 10개소인데, 총 건설 소요 자금은 외화가 1억 6,083

만 달러이고 내자가 150억 7,180만 원으로 총액 358억 5,400만 원이다.

중소기업 육성

지금까지 한국의 공업은 농업을 기반으로 해 왔다. 이는 필연적으로 경제규모의 영세성을 가져왔고 자연히 중소기업의 비중이 높을 수밖에 없었다. 기업체 수로 보면 97.5퍼센트이며 종업원 수에 있어서는 61퍼센트, 부가가치는 57퍼센트에 이르는 등 절대적인 비중이다. 정부가 이를 육성하는 데 주안점을 둔 것은 마땅한 일이다.

중소기업협동조합의 지도와 육성 그리고 그 사업의 조성, 합리적인 경영화 등 여러 가지 시책을 강구하였고, 특히 중소기업금융제도를 개선하여 대대적으로 자금을 방출하였다. 뿐만 아니라 새로 중소기업은행을 설립한 것은 이 부문에 대한 정부의 관심을 증명하는 것이라 해도 좋을 것이다.

정부는 이 부문의 경기회복과 가동률 향상, 생산 판매의 증가, 고용의 증대를 촉진하였는데, 이 상황을 연도별로 살펴보면 1961년에는 일반회계에서 5억 원, 금융자금에서 3억 원 등 합계 8억 원의 자금을 방출하였고, 1962년에는 자금 사정의 완화와 기존 시설의 최대 가동을 주목적으로 하여 재정자금 5억 원을 방출하여 751개 기업체의 운영자금으로 하는 동시에, 단체융자 8억 원을 공동사업자금으로 방출하여 30개의 조합과 연합회의 원료 공동구매 자금으로 사용하게 하였다. 이 같은 자금 방출과 시기에 알맞은 적절한 시책은 이 부문의 생산 의욕과

가동 향상에 크게 도움이 되었다.

조선사업의 발전

정부수립 이래 10여 년간 가장 외면받은 부문이 이 조선업계이다. 3면이 바다에 접한 우리나라의 지리적 조건을 이렇게 망각했다니 또 다시 울분이 차오른다.

혁명정부는 먼저 조선정책의 쇄신을 위하여 조선자금의 확보에 착수했다. 선주의 부담을 덜기 위해 조선융자금을 장기저리로 대부하는 등 강력한 시책을 강구한 결과 단시일 내에 괄목할 만한 성과를 거두는데 성공하였다. 즉, 1962년에는 융자금 1억 2천만 원, 보조금 8,700만 원을 동원하여 목선 3,704톤, 강선 350톤 등 계 4,054톤을 건조하였는데, 이는 당초 계획했던 톤수 2,660톤에 대하여 152퍼센트 초과달성한 것이다.

또 한편으로는 그동안 완전 휴업 상태를 면하지 못하던 대한조선공사에 자본금 10억 원을 증자하여 그동안 누적된 부채를 청산하고 재기, 강화하게 하였는데, 그 결과 1962년도에는 1척 350톤의 강선을 건조하였을 뿐만 아니라 1963년도 4월 현재에 있어서는 1,600톤급 화물선 2척의 건조공사가 40퍼센트 진척되었고, 500톤급 2척, 300톤급 2척, 350톤급 1척, 150톤급과 지난 7월에는 2천 톤급의 거선(巨船) 신양호가 진수되었음은 국민 여러분이 다 잘 아는 사실이다. 한국 조선업계는 전망이 밝아지는 중이다.

5) 주요 생산품 생산실적

경제개발 5개년계획에 의해 연간 15퍼센트의 평균성장률을 목표로 하고 있는 제조업 부문에 있어서는 1961년도 실적이 기준연도 1960년도에 비하여 3.4퍼센트, 1962년도는 11.5퍼센트의 성장을 보였고, 부가가치 면에서 보면 1961년도에는 기준연도 1960년에 비하여 295억 1천만 원 대 285억 2천만 원, 1962년도에 와서는 317억 9천만 원으로 건전하고도 순조로운 성장을 보였다. 참고로 1차, 2차, 3차산업의 종합생산을 보면 16.8퍼센트(1962년)라는 실로 수년래 최고 기록을 보여 주고 있다.

6) 기간산업 건설

구 정권이 미국을 비롯한 우방들의 각종 원조에도 불구하고 소비성 산업에만 주력하였음은 다 아는 사실이다. 이같이 국가 기간산업이나 수입대체산업, 수출산업을 등한시함으로써 국가경제를 후진 상태로 방치한 것은 어떤 변명도 통하지 않는 정책 실패라 하지 않을 수 없을 것이다.

이제 본인은 경제개발 5개년계획을 중심으로 하여 이 부문의 실적을 더듬어 보고자 한다.

종합제철소 건설

1962년부터 1969년까지 6년에 걸쳐 울산에 건설될 이 제철소는 연산 선철 30만 1천 톤을 생산할 수 있는 능력을 갖게 될 것이다. 그동안 차관과 합작투자 등을 교섭 추진하는 한편 후보지에 대한 기술적인 조사를 완료하였다. 이것이 건설되는 날에는 연간 외화 약 2,500만 달러를 절약하게 됨은 물론 약 2천 명의 고용도 가능하게 될 것이다.

디젤엔진공장 건설

낡은 차량과 휘발유에 의지하고 있는 차량을 연차적으로 디젤엔진으로 대체함으로써 연간 외화 약 2,500만 달러를 절약하고 841명의 고용을 증대하기 위해, 연간 3천 대의 생산능력을 가진 공장을 지난 1962년부터 인천에 건설할 것을 서두르고 있다. 1964년까지 완성될 이 공장은 조선기계제작소에 사업을 맡아 보게 하고 있는데, 현재 건물 공사는 완료되었고 기술계약은 일본 이스즈 회사와 체결했으며, 약 20퍼센트의 진척을 보이고 있다.

방직기 및 가공기 공장 건설

현재 국내에는 약 50만 추(錐)의 방직기가 있으나 대부분의 시설이 막대한 외화에 의지하고 있으므로 이를 대체할 방직기와 가공기의 요청이 시급했다. 정부는 이 공장을 건설하여 연간 1천 대의 방직기와 27대의 가공기를 생산하여 연간 외화 300만 달러를 절약하고 860명의 고용증대를 기하고 있다. 1962년에 기공하여 1964년까지 완성을 목표로 하고 있는 이 공장은 서독의 홀마이스터 회사와 계약을 체결하였으며 현재 12.7퍼센트의 진행을 보이고 있다. 배창공업도 이미 1962년 5월 23일에 서독 크리카노 회사와 차관계약을 체결한 바 있다.

전기계기(電氣計器)공장 건설

전원개발사업의 추진에 수반하여 자연히 증가되는 적산전력계를 비롯한 각종 계기류의 자급자족이라는 측면에서 이 공장의 건설은 그 뜻하는 바가 크다. 이 공장은 연간 적산전력계 54만 8천 개와 기타 계기류 26만 8천 개의 생산을 하게 될 것인데, 이는 차관에 의하여 금성사가 맡고 있다. 1962년 6월에 외자도입이 승인되고 7월에는 시설기계가 발주되었다. 이것이 준공됨으로써 외화는 연간 550만 달러가 절약되고 998명의 고용증대를 기할 수 있게 된다.

전기기재(電氣機材)와 케이블 공장 건설

1962년부터 1964년까지 완공을 목표하고 있는 이 전기기재공장은 월간 전동기 2,080대와 변압기 750대, 축전기 10만 910개, 회로차단기 2,010개, 절연전선 180톤 등을 생산하게 될 것이며, 케이블공장에서는 연산 2,988톤의 케이블선을 생산하게 될 것으로 기대되고 있다. 전기기재공장은 미국 웨스팅하우스, 케이블공장은 서독의 홀마이스터 회사와 각각 계약하고 건설 중인데 그 대지만 해도 7,569평과 2만 9천 평의 방대한 넓이를 자랑한다.

급속냉동공장 건설

수산물의 급속냉동과 제빙을 목적으로 한 이 공장은 1962년부터 1964년까지 건설된다. 하루 17톤의 급속냉동능력을 갖게 될 이 공장은 삼양사가 맡고 있는데 1962년 4월에 스위스의 에파위쓰 회사와 차관계약으로 진행되었다. 이것이 완공되는 날에는 연간 외화 8만 9천 달러를 아낄 수 있게 된다.

소형자동차공장 건설

새나라자동차공장의 건설은 1962년도에 1,500대, 1963년도에 3천 대, 그리고 1964년도부터 1966년도까지 순차적으로 3천 대, 3,600대, 4,800대 생산을 목표로 하고 있다. 말도 많았지만 이 새나라자동차공장이 제대로 기능을 발휘하게 되면 외화는 연간 900만 달러가 절약되고 1,900명의 고용을 실현할 수 있다.

중대형자동차공장 건설

1962년부터 1964년까지 완성할 계획으로 있는 이 공장은 일본의 이스즈 회사와 기술계약을 체결하고 건설 중에 있는데, 공장의 건설이 끝나면 연간 외화 1,300만 달러를 절약하게 되고 3,700명이라는 엄청난 고용을 달성할 수 있게 된다.

나주비료공장

연산 요소비료 8만 5천 톤의 생산규모를 갖는 이 공장은 1962년 12월에 준공식을 마쳤고 1963년 1월부터 시운전에 들어갔으며 같은 해 4월에는 예정한 15톤의 생산에 성공하였다. 금년중에는 약 3만 톤의 생산이 있을 것으로 기대되고 있다.

정유공장

정부는 에너지의 원천인 이 정유공장의 건설을 위하여 대한석유공사를 설립하여 미국의 플라워 회사와 건설계약을 맺고 공사를 진행 중에 있다. 당초 계획은 1964년 2월을 완공 목표로 삼았는데 1963년 말까지 앞당겨 준공을 보게 될 듯하다. 이 공장이 가동되면 연간 99만 배럴의 석유를 생산하고 외화 또한 연간 1,200만 달러를 절약할 수 있게 된다.

시멘트공장

제3시멘트공장, 제4시멘트공장, 제5시멘트공장이 가동되면 연간 157만 달러의 외화가 우리 손에 고스란히 남을 것이고 1,900명의 고용창출 효과를 볼 수 있다.

나일론공장

이 공장은 이미 건설을 끝냈으며 1964년부터는 정식으로 가동하게 된다. 규모는 연간 200만 배럴의 나일론사(絲)의 생산인데, 이렇게 되면 연간 297만 달러의 외화를 절약할 수 있게 된다.

7) 정부 직할 기업체의 운영합리화

기회 있을 때마다 지적한 바와 같이 구 정권 하의 기업체들은 혁명정부 이후 강력하고 신선한 정책의 시행으로 완전히 생기를 회복하고 새로운 면모를 갖추게 되었다. 수지경영 면을 통해 그 단면을 살펴보기로 하자.

혁명 이전인 1960년도 정부 직할 기업체가 계산하여 보고한 총 수익금은 7,393만 8,959원이다. 그러던 것이 혁명 당년에는 놀랍게도 약 12배가 되는 8억 7,881만 3,730원으로, 그리고 다음 해인 1962년에 와서는 전년 대비 약 1.9배로 증가한 16억 8,253만 4,767원의 실현을 앞두고 있다. 혁명 전후와 각 사별로 그 내역을 살펴보면 다음과 같다.

단위: 원

기업체명	혁명 전(1960)	혁명 후(1962)
한국전력	1,840,000	813,000,000
대한석탄	33,296,000	199,264,006
대한중석	14,192,889	3,645,000 *
충주비료	미가동	380,218,000
인천중공업	15,092,000	167,930,000
대한철광	10,327,000	72,087,000
한국광업제련	95,600	37,788,000
조선기계	5,815,000	9,406,000
대한조선	4,845,000	15,616,000

* 중석 시세 급락에 따른 현상으로, 1961년은 194,710,000원

8) 농림행정 부문

농촌경제의 재건은 자주경제의 바탕이 되는 것임에도 불구하고 구 정권은 농촌을 내버린 지 오래였다. 혁명정부가 들어서면서 가장 먼저 착수한 것이 이 부문임은 국민 여러분이 잘 알고 있을 것이다. 농어촌의 고리채 정리, 농산물의 가격 유지책, 동 법령의 공포, 농협과 농은(農銀)의 통합, 영농자금의 적기 대량 방출, 귀농 정착 사업, 수리조합의 운영 강화와 산지 사방사업, 가축농업의 장려와 그 진흥, 수산자원의 개발 촉진, 수산단체의 정비, 농어촌 기술지도 체계의 일원화 등이 그것으로 실로 국가의 총력을 여기에 집중한 감조차 없지 않다.

특히 농어촌 경제발전의 암적 존재였던 고리채의 정리는 완전무결이라고 말할 수는 없겠지만 혁명정부가 아니고서는 상상조차 할 수 없는 대담한 정책이었다. 그 결과로 농어촌민이 급한 숨을 돌릴 수 있게 되었다는 것을 큰 성과로 자신하는 바이다. 또한 구 정권 때에는 마지못해 집행하던 영농자금도 실효 있게 방출하여 그 액수가 1961년도에 23억 원, 1962년도에 37억 원 등 도합 60억 원에 달한다. 융자 면에서 보면 과거 채권 담보에만 급급하던 은행식의 금융을 지양하고 농협을 통한 지도금융을 실시하였고, 융자금을 효과 있게 사용, 농(어)촌의 자금 수요를 충족시킴으로써 농업생산의 증진과 농가소득의 향상을 기하였다.

그러나 이같이 정력적인 시책에도 불구하고 한발과 수해로 인한 흉작으로 식량 사정은 난관에 부닥치지 않을 수 없었다. 한편 작황(作況)

의 파악에 소홀했던 점과 부족량에 대한 외곡 도입 정책의 차질 등으로 농촌행정에 일시적인 난맥을 드러냄으로써 예상하지 못했던 파동을 야기한 것은 정부의 실수였다고 솔직히 시인하는 바이다. 그러나 이런 실패와 착오는 향후 정부의 시책 강구에 중대한 자극이 되었다.

9) 교통 체신 부문

교통행정에 있어서 철도동력의 디젤화와 침목의 'PC(prestressed-concrete, 강현콘크리트)'화 등은 한국 철도의 현대화 촉진에 불가결한 요건이다. 뿐만 아니라 국산 객차와 화차의 신조, 개조, 재생과 한편으로 관광사업의 진흥을 통한 외화의 획득 등도 노릴 수 있다.

이 부문에 있어 주목할 사실은 국가경제의 동맥인 산업철도의 건설이다. 그간 산업선의 건설 상황을 보면 동해북부선 32.9킬로미터, 태백시의 황지(黃池) 본선 8.5킬로미터, 지선 9.0킬로미터의 개통을 보게 되었고 정선선(旌善線) 42킬로미터와 경북선(慶北線) 58.6킬로미터는 이미 착공되어 연차적으로 개통을 추진하고 있는데 이것은 2개년의 시일로서는 경이적인 실적이다.

그다음은 국가경제의 신경이라 할 수 있는 체신부문이다. 혁명 전후를 비교해서 각종 우체국을 보면 699개소에서 983개소로, 우편함이 5,152개에서 7,868개로, 집배용 자전거가 1,814대에서 2,849대로, 각종 전화가 11만 761회선에서 16만 8,922회선으로, 공중전화가 627대에서 1,186대로 각각 증가하였다. 한편 각종 우편저축금은 보통저축금이 244퍼센트, 아동저축금이 320퍼센트, 정액저축금이 265퍼센트, 조합저축금이 886퍼센트, 대체저축금이 332퍼센트로 놀라운 진전을 보여 주었는데 이것이 자유경제 재건에 큰 공헌을 하였음을 두말 할 필요 없겠다.

3. 적극적으로 외교에 나서다

혁명정부는 내정 쇄신에 힘을 기울이는 한편 밖으로는 적극적인 외교에 나섰다. 지금까지의 임시변통의 태도를 청산하고 대담하게 문호를 개방하였다고도 할 수 있겠다. 대미 외교를 주로 하되 중립국 나라들에 이르기까지 우리는 골고루 찾아갔고 또 맞아들였다. 결과적으로 이는 한국 외교사의 새로운 전기를 가져왔다고 자부한다.

혁명정부는 외교의 목표로서 다음 각 항을 지향하였다.

1. 혁명에 대한 국제적 이해와 지지 획득
2. 자유 우방과의 유대 강화와 국교 확대
3. 유엔 및 국제기구와의 협력 증진
4. 대외 경제협력 강화
5. 한·일 간 현안문제 해결
6. 해외교포의 지위 향상과 그 지도 및 보호
7. 한국 문화예술의 선전, 소개 및 공보 활동 강화

이와 같은 적극외교는 상당한 국제적인 소득을 가져왔다. 즉, 혁명

전 불과 23개국과 수교했던 것이 일약 76개국으로 늘어났다. 그리고 48개국 해외공관의 증설, 76개국에 친선사절 파견, 12개에 달하는 국제기구 가입과 36개의 조약 체결, 그 밖에 수많은 국제회의 참석과 한·일간의 국교교섭의 진전은 혁명외교의 큰 업적이라 해도 절대 자화자찬이 아니다. 특히 지난 제17차 유엔총회에서 한국 문제 토의에 한국 대표만을 초청하는 미국 안을 65대 9, 기권 26표로 가결한 것은 혁명외교의 크나큰 자랑으로, 이는 전년보다 10표가 지지표로 증가한 것이다. 그리고 통일한국결의안에 있어서도 반대한 것은 공산 블록뿐이었다는 사실은 단순하게 볼 결과가 아니다.

한편 외자도입을 위한 경제외교도 강력히 추진되었다. 서독, 이탈리아, 캐나다, 프랑스 등에 대한 차관교섭사절 파견, 한·독 투자보장 교섭, 한·미상공협회 설립, 유럽 기술원조, 호주 기술원조 및 유엔 특별기금 등의 도입, 콜롬보회의(계획) 가입, ECAFE(아시아극동경제위원회, 나중의 ESCAP), OEEC(유럽경제협력기구), GATT(관세 및 무역에 관한 일반협정) 등 국제경제기구를 통한 경제협력, 동남아, 유럽, 인도네시아, 아프리카, 북미, 캐나다, 중남미 등 각 지역에의 통상사절 파견 등이 그것이다. 이것은 혁명정부의 정치외교와 더불어 빼놓을 수 없는 경제외교의 공이라 할 것이다.

4. 문화, 예술, 교육의 질적 변화들

민족문화의 창달과 국민교육의 진흥은 이 나라, 이 사회의 내일을 결정하는 중요한 요소로, 문화, 예술, 교육의 건전한 발전 없이 민족의 역사가 온전할 리 없다. 이것은 역사가 숱하게 증명한 사실이다. 본인은 이 엄숙한 명제를 항시 유념하여 왔다.

사실 이 부문은 정치에 앞서 그를 인도하고 새로운 생명력을 부여하는 역할이다. 그러나 구 정권 때에는 매번 정치에 이용당하지 않으면 안 되었고 또 정치논리에 깔려 불건전한 발육상태를 벗어나지 못했다. 그러니 국가와 민족사회의 방향이 바로잡힐 리 있겠는가. 본인은 이를 감안하여 항상—물론 지금도 그렇다—각별한 관심을 기울이고 기회 있을 때마다 이 분야에 종사하는 인사의 고견을 경청하고 그 의견을 실천했다. 이것을 어떤 사람은 '교수정치', '문화예술인 정치'라 하였지만, 원래 현대 문명국가의 정치적 본질이란 이것을 요체로 삼고 있는 것이 상식이다.

혁명정부는 우선 예술 부문에 있어 중앙집권제도를 지양하고, 침체일로를 걷고 있는 지방문화와 향토예술의 육성에 방향을 돌렸다. 영남예술제, 신라문화제, 춘향제를 비롯하여 각 지방의 대·소 문화예술제에 보조를 아끼지 않았다. 혁명 2년차에 그 문화행사들은 예산 상 확보된

보조금으로 기틀이 잡히고 있어 앞으로 지방문화예술의 향상이 크게 기대된다.

여기서 본인이 천명하고자 하는 것은 문화예술의 육성은 어디까지나 이 분야에 종사하는 인사의 역량에 달려 있다는 사실이다. 더러는 관의 주도가 없었던 것은 아니나 앞으로는 자체의 능동적인 활동이 있어야 할 것은 물론이다.

이와 더불어 본인은 행정관리를 담당하는 이들에 대해 문화예술에 대한 이해와 교양을 높일 것을 당부하는 바이다. 행정관리가 행정 하나에만 능숙하면 충분했던 시대는 이미 지나갔다. 문화나 예술의 이해 없이는 온전한 행정을 기대할 수 없다. 예술이나 문화가 없는 행정은 결국 무자비할 수밖에 없는 것이다. 본인은 여기서 예술론을 강의하려는 게 아니다. 다만 여유 있고 정서가 담겨 있는 자세로 행정을 집행하고 국민을 대하여야 한다는 것과, 예술과 문화 창달에 적극적인 협조를 강조하려는 것뿐이다. 행정은 예술과 참으로 가까운 동기(同氣)간이다. 그 집행하고 작업하는 동기가 '선(善)'이어야 하고, 그 과정이 '진(眞)'이어야 하며, 그 결과가 부정(不淨)이 아닌 쾌(快)한 '미(美)'라야 한다는 동일한 윤리를 갖고 있기 때문이다.

본인은 비정상적인 언론의 난립 등의 문제에 대해서도 깊게 성찰한 바 있다. 언론을 가장하여 악을 조장하고 망동을 서슴지 않는 사이비 언론에 대해 구 정권은 역시 나 몰라라의 자세였다. 언론, 출판의 자유를 핑계 삼아 오히려 이의 난립만 조장하였던 것이다. 그 뒤에 숨은 까닭은 너무도 뻔했다. 자신의 부패나 약점이 폭로될까 두려웠기 때문이다. 이것은 그만큼 구 정권이 무력하였다는 증거도 된다. 그 결과 언론계는 질서나 체계가 서지 않는 난맥의 절정을 보여 주었다. 판잣집에도 주간사(週刊社)의 간판이 나붙었다. 오두막집에도 당당히 일간통신사의 간판이 행세하였다.

혁명정부는 이에 대해 단호한 조치를 취하였다. 수백, 수천의 사이비 언론 정리가 그것이다. 일간지가 38개사로, 일간통신이 7개사로, 그리고 주간, 월간물은 각각 32종, 173종으로 줄어들었다. 대신 일요지 1개사가 새로 나오게 되었고, 기타 기관지도 도합 82종이 존치 판정을 받았다. 정부는 부패한 언론인에 대한 정비도 시행하였다. 구 정권 하에서 구악에 적극 가담하고 언론의 위력을 빌려 축재한 자, 병역을 기피한 자 등이 그 대상이었다. 언론계, 특히 일간신문사의 정비는 운영상태와 시설기준 미달을 대상으로 하였다. 이들의 존재로 인한 구악의 되풀이를 방지하는 데 불가결한 요건이었기 때문이다.

이 같은 과감한 정비가 없었다면 지금도 계속 이어졌을 그 피해는 얼마나 심각할 것인가. 그러나 혁명정부의 언론 대책에 대해 언론 간섭이니, 사기업에 대한 부당 압력이니 불평하는 분자들이 있다. 본인은 이에 대한 명확한 답을 가지고 있다. '혁명정부는 언론정책에 결코 어려움을 주지 않았다'는 것이다. 사이비 언론에 자유를 줌으로써 정도(正道)를 지향하는 언론계에 누를 끼친 구 정권 시대의 자유를 진정한 언론인들은 결코 원하지 않을 것이기 때문이다. 정부는 이같이 언론의 권위를 회복하고 위기에 빠진 언론을 구출하였다고 믿는 바이다.

농어촌의 문화 혜택을 위해서도 정부는 최대의 힘을 기울였다. 전국 농어촌에 1,068개에 달하는 민간 앰프 시설을 도왔고, '라디오 보내기' 운동을 전개하여 농, 어촌에 각각 5,500대, 7,965대를 보냈다. 동양 굴지의 대 송신소인 남양의 500킬로와트 신설, 현대문명의 상징인 TV 방송국의 개국 등은 혁명정부의 문화시책에 있어서 빛나는 실적이라 아니 할 수 없다.

교육 부문에 있어서는 의무교육 시설의 확장, 5개년계획의 1차연도 목표인 4,900개 교실의 신축과 1,705개 교실의 수리 등이 90퍼센트의 진척을 보였고, 대학 구실을 못하는 23개 대학을 정비하였으며, 말썽 많은 사친회(師親會)의 폐지, 양단치맛자락의 학교 출입 제한, 부(副)독본 기타 참고서의 취급 금지, 부정 정실 입학의 단속, 교육공무원의 인사교류, 법정수당의 지급 등은 물론, 입시제도의 개혁과 학기제의 현실화, 학사고시제의 실시를 통하여 대학의 충실을 기하였고, 교육과정의 개편 등에 이르기까지 철저한 쇄신을 가하였다.

실업교육의 강화나 체육의 진흥, 학교교육행정의 자치제 등은 아직 연구 중에 있으며, 머지않은 장래에 합리적인 정책이 실행될 것으로 보고 있다.

5. 민족의 비약을 위한 뜀틀, 재건국민운동

재건국민운동은 5·16 혁명이념을 국민혁명으로 이어 가 결실을 맺기 위한 것임과 동시에 인간개조와 국민정신을 북돋우기 위한 순수한 운동이다. 정치와는 일체 상관없이 오직 국민운동 전개만을 목적으로 하고 있다. 이 운동에 관한 법률을 보면 "복지국가를 이룩하기 위하여 전 국민이 민주주의 이념 아래 협동 단결하고 자립 자조 정신으로 향토를 개발하며 새로운 생활체제를 확립하는 운동"으로 규정되어 있다. 따라서 전 국민의 자율적이고 창의적인 참여가 요청된다. 그런 의미에서 재건국민운동본부와 각 지부는 민족역량의 배양과 국민단합을 통하여 한민족의 비약을 위한 '뜀틀' 구실을 하는 기관이라고 할 수 있겠다.

그간 각계각층을 대표하는 50만 명의 요원을 확보하였고, 여기에 가입된 회원 수는 청년회, 부녀회 등을 합해 360만 명을 돌파하였고, 그 조직은 16만 6,877개의 재건방(坊)과 1만 2,982개의 집단촉진회, 그리고 1만 4,368개의 재건학생회를 가지고 있다. 그리고 이 운동의 완벽한 성과를 목적으로 하여 1961년과 1962년 양년도에 걸쳐 재건국민훈련소와 재건국민교육원은 연(延) 611만 792명을 교육, 훈련하였다.

재건요원들의 활동은 참으로 눈부신 바 있다. 1962년 말까지 62만

7,463명에 달하는 문맹을 퇴치했고, 국민정신의 함양과 국기 존엄 사상의 앙양, 반공 방첩 운동, 국민노래 함께 부르기 운동, 도의 앙양 운동, 직장 문화서클 운동, 산림녹화 운동, 미신 타파 운동, 허례허식 일소 운동, 국민체위 향상 운동, 사회개조운동, 농촌개발운동(저수지 축조, 제방·농로 개설, 농가개량, 청년회관 건립 기타) 등에 이르기까지 실로 그 성과는 여기서 일일이 열거할 수 없을 정도다.

일례로 이들이 이룩한 농촌발전을 위한 운동의 실적을 보자(1963년 3월 말 현재).

농지개간 7,138,314평	농로 49,996,182m
조림 155,210,955주	수로 2,448,079m
제방 762,671m	양어장 644,823평
저수지 481,070평	청년(부녀)회관 5,183동

이 외에도 의식주 등의 생활개선과 표준의례, 문고 보급 등의 생활지도사업과 자매부락 결연 운동, 사랑의 금고 운동, 기아해방운동, 재해대책운동, 펜팔 운동, 학생봉사운동, 반공기념비 운동 등의 '국민협동사업'을 전개했고, 식생활개선센터, 복식생활 개선 순회 계몽, 생활 합리화와 가족계획 운동, 쌀 아끼기 증산운동, 부녀사업과 농가 부업의 지도이론, 공보사업 등을 통하여 이 국민운동이 궁극적으로 목표하는 인간개조와 사회개혁, 농촌부흥 등 그야말로 민족혁명에 중추적 선봉의 역할을 충

실하게 수행하였다. 이에 본인은 그 결과에 만족과 큰 박수를 보내며 또한 장래에 있어서도 기대하는 바가 크다는 사실을 밝히고자 한다.

그런 의미에서 본인은 국민 여러분 앞에 다음의 실적 일부를 소개함으로써 각별한 협조를 구하고, 아울러 이 운동에 종사하는 요원 여러분의 노고에 감사의 뜻을 표한다.

우물 개선 209,595개소
화장실 개량 1,465,848개소
울타리, 담 개량 6,537,463m(106,033개소)
아궁이 개량 2,943,627개소
절미(節米) 1,402,563되
식생활 개선 강습회 6,928회
의생활 개선 강습회 5,704회
휴지, 폐품 수집 228,100관

자매부락 결연 조수(組數)

1961년	2,710조
1962년	4,532조
계	7,242조

지원 물자 내역(원 환산)

가축	19,224,960원	문화시설	11,534,680원
기구	8,557,731원	제 물자	3,640,631원
건설사업	7,671,325원	의료사업	1,760,830원
기타	10,138,285원		
계	62,528,342원		

제3장

혁명의 중간결산

이제까지 본인은 혁명 전후의 여러 상황을 설명했다. 물론 이것은 구 정권의 악랄한 정치를 새삼 들추거나 혁명정부의 실적을 과시하려는 것이 아니라, 다만 국가와 민족의 내일을 염려하는 동포 여러분에게 참고가 되기를 바라는 마음에서 사실을 사실대로 기술한 것일 뿐이다.

이제 본인은 혁명정부의 지난날을 돌아보고 장래를 조망하는 결산을 해 보고자 한다. 그것은 곧 혁명정부의 자체평가와 더불어 이를 통한 자체정비 강화, 그리고 앞날에 대한 방향 결정과 동시에, 나아가 국민의 보다 많은 이해와 적극적인 협조를 구하기 위함이다.

1. 혁명과 나

경제개발 5개년계획을 중심으로 한 경제부문의 괄목할 성장이나 정치, 문화, 사회 등 각 분야에서의 새 출발을 위한 질서 확립은 혁명정부의 크나큰 업적이라 자부한다. 그러나 이를 수행하고 관철시켜 오는 동안 헤아릴 수 없는 수많은 애로사항이 있었고 각종 제약을 받은 것도 사실이다. 우리의 혁명은 일찍이 세계 혁명 사상 유례를 찾을 수 없는, 한편으로는 청소요 다른 한편으로는 건설이었으니 얼마나 많은 애로와 난관이 많았을 것인가.

이 가운데서도 정부를 가장 힘들게 한 것을 나날이 극심해지는, 먹고사는 문제였다. 정치란 결국, 여기서 실패하면 볼 장 다 보는 것이 아닌가. 이 문제는 우리에게 1분, 1초의 여유도 주지 않았지만 다행히 민생고의 해결은 혁명정부의 과감하고 적절한 노력에 의해 극적으로 극복되었다.

본인은 혁명 2년을 주로 경제시책에 주력하였다. 구 정권으로부터 물려받은 나라는 경제 중환자나 다름없었다. 치료하자니 부족한 것이 너무도 많았다. 경제 중환자로 비유를 들었으니 계속 같은 비유로 설명을 이어 가자면 의학적 기술도, 환경도 말이 아니었다. 무엇보다 2년간이라는 제한된 시간 때문에 초조하지 않을 도리가 없었다. 그러니 이만큼이나마 경제가 회복된 것은 기적에 가까운 일이라 할 수 있겠다. 건전한 경제가 튼튼한 바탕 없이 이루어질 리 없다. 다들 경제회복의 해결 방안으로 '외자도입'을 외쳐 봐야 그 역시 바탕이 없이는 한낱 공염불에 그치고 마는 것이다. 우리는 그 바탕을 만드는 데 총력을 모았다.

사실 경제개발 5개년계획이란 것도 결국 앞으로 부흥될 경제를 위한 기초사업이라 할 수 있는 것이다. 경제개발 5개년계획은 전술한 대로 매우 고무적인 성과를 거두었으나, 그렇다고 전적으로 만족하는 것은 아니다. 더구나 경제문제에 대하여 전문가가 아닌 본인으로서는 자기비판을 하지 않을 수가 없다. 계획 실천에 대한 과열과 목표 달성에 대한 강박, 그리고 충분한 검토 없는 강행 등은 계획을 성취하는 데 장점도 되었지만 더러는 차질을 가져왔다는 사실을 솔직히 시인한다. 동시에 국민 여러분께 강조하고자 하는 것은, 이와 같은 중차대한 계획의 수행은 정부에만 맡겨서도 안 되며 여·야 할 것 없이 건설적인 비판과 협조가 반드시 필요하다는 것이다. 왜냐하면 이 5개년계획의 완수야말로 우리의 자주독립과 자주경제를 확립할 수 있는 기초가 되기 때문이다.

2. 자기비판과 반성

경제개발 5개년계획의 수행에 얼마간의 무리가 있었다는 자기비판을 한 바 있으나, 그 외에도 꽤 많은 반성할 것들이 있었음을 숨기지 않겠다.

사실 이번 혁명은 초창기에는 성공하였다 하겠으나 그 후반기에 들어서서는 뜻하지 않은 정치적 사태로 일대 난관에 봉착한 것이 사실이다. 그것은 1963년 연초부터 허용된 구 정객의 정치활동이 주원인이다. 이들에게 정치활동을 허용한 목적은 무엇보다 혁명의 궁극적인 목적이 건전한 민주사회의 건설에 있었기 때문이다. 그래서 정치정화법이 적용되고 있던 1년 7개월 동안 구 정객의 충분한 반성을 기대했으며, 또한 혁명과업 수행에 협조를 구하고 나아가 민족의 단합을 기하려는 데 있었다. 그러나 혁명정부의 기대는 완전히 수포로 돌아갔다. 그 이후의 국내 사태가 어떻게 돌아갔는지는 여기서 구구히 설명할 필요가 없겠다. 그동안의 신문 보도가 이를 충분히 말해 주기 때문이다.

한편 혁명과업에 차질을 초래한 원인 중 하나로 1961년과 1962년에 잇따라 발생한 가뭄과 수해로 인한 극심한 식량위기를 들 수 있다.

이상의 외부적인 조건과 함께 혁명정부 자체 내의 실수 또한 큰 원인이 되었다.

그 첫째가 화폐개혁 실패다. 당초 정부는 구 정권의 부패로 인한 막대한 자금이 개인들의 금고 속에 들어 있을 거라 생각했으며, 이 퇴장(退藏) 자금을 국가 산업건설에 동원할 수 있으리라 기대하고 개혁을 단행했다. 그와 함께 통화의 구조를 재조정하는 것을 주안점으로 삼았던 것인데, 그 결과가 허사로 돌아가고 만 것이다. 오히려 통화가치만 떨어졌고 금융경제에 타격을 주었다. 실패치고는 너무나 참담한 것이었다. 정부는 이를 만회하기 위하여 총력을 다하였으나 그 여파는 지금도 남아 있는 것이 사실이다.

또한 농어촌의 고리채 정리에 있어 이를 메우기 위해 농자금을 방출한 것까지는 좋았으나, 이를 회수하는 데 강권을 쓴 것은 큰 실책이었다. 그 잘못은 획기적인 정책을 겨우 농자금 회수책 하나와 상쇄하는 결과를 가져왔다. 이는 곡가와 축산물 그리고 전답 가격에 심각한 영향을 주어 농어민들을 크게 자극하는 사태를 불러왔다. 식량문제는 그것이 비록 천재(天災)의 영향을 벗어날 수 없는 것이나 행정 면에서의 착오와 정책 면에서의 조기 대책을 소홀히 한 것에서 일부 온 것임을 부인할 수 없다.

속칭 '4대 의혹사건'(증권조작과 공화당 사전조직, 워커힐사건, 새나라자동차, 회전당구대 도입)이나 혁명주체세력 중 일부의 '반혁명 사건' 등에 대하여는 재판의 결과를 떠나 국정을 맡은 책임자로서 유감을 표명하는 바이다.

이상으로 본인은 국민 여러분 앞에 솔직히 실수를 자인하였다. 이를 두고 국민 가운데 일부는 구악 대신 신악(新惡)이라는 말까지 하지만, 그러나 그렇다고 해서 혁명은 결코 후퇴할 수도 없고 그 이념이 변질되어서도 안 된다. 왜냐하면 우리들 스스로가 결코 이 혁명을 부정할 수는 없기 때문이다.

3. 나의 심경

본인의 진퇴 문제를 두고 국민들의 상당한 관심이 모아지고 있음을 잘 알고 있다. 이러한 관심은 지극히 당연한 일이요 본인 또한 국가와 국민은 물론 내 자신에 관한 문제이기도 한 까닭에 이 기회에 솔직한 심경을 천명하여 둘 필요가 있다고 본다.

1) 지위를 바라지 않는다

혁명의 책임자인 본인은 차기 선거에 참여할 것인가. 여기에 대하여는 과거와 마찬가지로 부정적인 것이 솔직한 현재의 심정이다.

본인은 혁명을 구상하던 당초부터 제3공화국의 책임은커녕 혁명정부의 책임자가 되는 것조차 원한 바가 없다. 그래서 혁명 성취 후 정부의 책임자로 본인보다 서열이 높은 선배를 옹립하였으며 원수(元首) 직인 대통령도 전임자에게 계속 맡아 줄 것을 간청하였다. 서열 3위였던 본인은 어디까지나 제2선에서 하찮은 힘이나마 혁명에 보태기를 희망하였다.

그러나 예기치 않던 사태가 속출했다. 본인으로서는 참으로 난처한 상황들이었다. 혁명정부 자체 내에서 재혁명이라는 비상사태가 터지지를 않나, 대통령이 자리를 떠나겠다고 하질 않나, 난감함의 연속이었던 것이다.

본인은 그런 상황에서 부득이 대통령권한대행이라는 현재의 중대한 지위를 맡지 않을 수 없게 되었다. 일이 그렇게 진전된 이상 군정 기간이라도 책임을 고사할 형편이 아닌 것을 알게 된 것이다. 어쩌면 그것은 당연한 일이었는지도 모른다. 왜냐하면 이 혁명은 어디까지나 본인의 책임에 달려 있었기 때문이다. 또한 혁명이 원래의 목표와 다른 방향으로 전개되는 상황이 본인으로 하여금 책임을 느끼도록 한 이유도 있다. 그렇게 본인은 1961년 7월 3일자로 국가재건최고회의 의장에, 그리고 1962년 3월 24일자로 대통령권한대행에 취임한 이후 그 자리를 유지했다.

본인이 정부 최고책임자로 있는 동안은 극히 일부분을 제외하고는 대체적으로 목표하던 과업이 순조롭게 진전되어 왔다고 자임한다. 구 정치인들의 정치활동 허용에서 온 치명적인 혼란이나 몇 가지 장애가 없었더라면 국가재건의 성과는 훨씬 비약적인 양상으로 나타났을 것이다.

2) 2·27선서와 나

혁명 당초 국내외적으로 공표한 혁명공약 제6항에서 본인은 "이와 같은 과업이 성취되면 양심적인 정치인에게 언제든지 정권을 이양하고" "군 본연의 임무에 복귀"한다고 하였다. 지금도 이 공약은 유효하다. 민정이양의 준비는 착착 진행 중에 있고 향후 상세한 일정까지 이미 발표한 바 있다. 구 정치인들에게 정치활동을 허용한 것은 어디까지나 양심적인 정치활동을 지원하고 건전한 정치인들로 하여금 차기 정국을 담당케 하기 위함이었다. 그러나 그들이 다시 등장한 뒤 그 구태의연한 행태를 목도하고 실로 놀라움을 금치 못하였다. 구악이 되살아난 정도가 아니라, 그 잠시의 쉬는 동안 오히려 더 살지고 더욱 힘을 기른 상태로 나타난 것이었다.

혁명정부는 심각한 우려를 표명하지 않을 수 없게 되었다. 우리의 고민은 전에 없이 커져 갔다. '과연 이들에게 정권을 맡길 수 있을까', '과연 이들이 혁명을 계승하여 국가와 민족을 행복하게 할 것인가'라는 현실적인 의문에서부터, '누구를 위한, 무엇을 하기 위한 혁명이었던가', '역사는 또다시 후퇴하고야 마는 것인가' 같은 원론적인 고민까지 함께 하게 된 것이다. 정치인들의 일대 각성을 기대했으나 그들은 우리에게 허무함만 안겨 주었다. 공공연하게 혁명의 이념을 비난하고 사사건건 발목을 잡고 진행 중인 과업을 막아섰다.

그러기에 본인은 엄숙한 결단을 내릴 수밖에 없었다. 그것이 바로 '2·18 성명'이다. 2·18성명에서 본인은 민간 정치인들에게 "군정 지도자들에게 보복을 가하지 않고, 군복을 벗은 지도자들이 원할 경우 정치활동에 참여할 것을 허락하며, 새 헌법을 준수하고 한·일회담 타결을 위해 노력할 것"을 주문하였으며, 정치인들이 이 같은 제안을 수락하면 본인은 민정에 참여하지 않는다고 밝힌 것이다. 이를 확실히 하기 위한 것이 역사와 국민이 보고 있는 공개석상에서의 선언이었다. 2월 27일 정치지도자들과 국방부장관 그리고 3군 참모총장, 해병대사령관이 참석한 자리에서 그야말로 엄숙한 선언식이 있었다. 정치인들이 본인의 2·18성명을 수락한다는 것이었다. 한편 본인은 그 자리에서 혁명정부의 노력이 대다수 정치인들의 완고한 반대로 일대 정치적 난국을 초래하였고 급기야 오늘 이와 같이 정부 계획의 대폭적인 후퇴와 양보로써 이 정국을 수습하기에 이르렀다는 요지의 발언을 하였다.

이어 본인이 '2·27선서'에서 명시한 주요한 내용은 다음과 같다.

첫째, 두 차례의 혁명을 통해 새롭게 출발하는 제3공화국에서는 절대 봉건적인 파쟁과 정쟁은 물론 동족상잔의 비극이 없어야 할 것이고

둘째, 모든 정치인은 주관적인 고집에서 벗어나 모든 정력을 국가와 국민과의 역사를 위한 대의에 모아야 하며

셋째, 그러기 위해 정권을 인수하려는 정치인은 5·16혁명을 계승할 것을 전제로 할 것과

넷째, 모든 정치인은 새로운 인간상과 새로운 정치를 창조하는 데 선구가 되며

다섯째, 민족혁명의 결실을 위하여 비단 정치인뿐만 아니라 모든 국민으로 하여금 자기 소임을 다하면서 국민적 집결이란 일대 민족역량을 실현하게 할 것

등이 그것이다. 그렇게 2·27선서는 각계각층의 굳은 결의 아래 거행되었다.

3) 3·16성명에서 4·8성명으로

2·27선서를 마치고 돌아서는 본인의 심경은 명경지수(明鏡止水) 그 자체로 그저 담담할 따름이었다. 그러나 내심에서는 감격을 억누를 수 없었다. 그날 그 시간을 계기로 정치권이 진정 새로운 면목을 갖추고 나가기를 기원하였다. 그러나 그와 같은 본인의 절실한 바람은 바로 다음 날부터 어긋나기 시작했다. 한마디로 말해 그들은 주는 떡을 받아먹기 위해 연기를 한 것이다. 애초에 저들을 믿었던 우리가 순진했다. 그리고 그 순진함은 여지없이 짓밟혔다. 구태가 사라질 것으로 기대했던 그날 이후 그들은 민정에 참여하지 않겠다는 본인의 말에 기운을 얻어 외려 구태가 하룻밤 사이에 기하급수적으로 늘어났다. 배신과 식언(食言)을 밥 먹듯 하면서 일말의 가책도 느끼지 않는 토양에서 자란 그 생리가 하루아침에 고쳐졌을 리 만무했던 것이다.

본인은 그 쓰라린 기억을 더 이상 되씹고 싶지 않다. 본인은 이제 더 이상 그들에게 관용이나 이해를 베풀 수는 없게 되었다. 이대로 저들에게 정권을 넘긴다는 것은 3차 혁명의 불씨까지 덤으로 안겨 보내는 것과 다름이 없었다. 그러나 더 이상 비극이 있어서는 안 된다. 이로 인하여 피해를 입는 것은 소수에 불과한 그들 구 정치인이 아니라 전체 국민이기 때문이다. 그랬다가는 말 그대로 '혁명의 악순환'이다. 생각만 해도 몸서리쳐지는 일이 아닐 수 없다. 이 땅에 다시는 혁명이 있어서는 안 된다.

그러면 이 혁명을 사전에 막고 건전한 민정을 탄생케 하는 방법은 무엇인가. 혹자는 부득이 군정을 연장하는 수밖에 없다고 한다. 아니, 그것이 대다수의 의견이었던 것으로 기억한다. 그러나 그때마다 본인은 이를 단호히 거부했다. 그 선택은 불행을 초래할 공산이 크다.

그렇다면 앞으로 다가올 국가와 민족의 불행은 무엇으로 대비할 수 있을 것인가. 그것이 바로 '3·16성명'이다. 3월 10일에는 현 정부가 실시한 기성 정치인들에 대한 해금(解禁)에 불만을 품고 정권을 장악하려던 쿠데타 세력이 적발됐다. 3월 15일에는 군정 연장과 계엄령 선포를 주장하는 일부 군인들의 데모가 있었다. 본인은 이 사태를 그대로 두고 볼 수만은 없었다. 그렇게 나온 것이 3·16성명인 것이다.

본인이 기자들 앞에서 발표한 내용을 간단히 말하면 이렇다.

> 우리는 다시는 군정을 필요로 하지 않는 건전한 민정으로 정치적인 체질개선을 해야 합니다. 그러나 이 상황에서 우리는 심각한 고민을 하게 되었습니다. 불행하지만 군정을 연장하더라도 건전한 체질의 민정 탄생을 기다릴 것인가, 아니면 혁명의 가능성을 내포한 채라도 민정이양을 서둘러야 할 것인가.
>
> 오늘날 후진국가에서 군사혁명은 유행처럼 일어나고 있습니다. 이것

은 군인의 집권욕에서 생긴 일이 아닙니다. 오히려 그 민족이 처해 있는 고루한 타성에 기인한 것이며, 그 사회의 낡은 모습을 탈피하겠다는 민족적 대수술을 뜻하는 것이라 하겠습니다. 우리 사회가 혁명 이전으로 돌아가고 있다는 징후는 여러 곳에서 보입니다. 정당의 우후죽순 난립, 정치인들의 이익만 좇는 이합집산, 그리고 추잡한 파쟁 들입니다. 여기에 일부 군인을 포함한 극렬분자들의 반국가 음모까지, 민심은 극심한 불안에 공포마저 느끼는 상황입니다. 이런 때에 정권 인수 자세를 갖추지 못한 정치인들에게 정권을 이양한다는 것은 혁명당국의 무책임일 것입니다.

이런 비극적 모습을 깊이 인식한 본인은 다시는 혁명이 없는 건전한 민정의 탄생을 위해 과도기적 군정기간의 연장을 말하고자 합니다. 이에 대한 가부를 국민투표에 붙여 국민의 의사를 묻고자 합니다. 이 국민투표는 가능한 최단기간 내에 실시될 것이며, 국민의 올바른 판단을 장애할 정치활동을 일시 중지하는 조치를 취할 것을 밝히는 바입니다.

이 성명서를 발표하자 (우리를 둘러싼 주변 환경이 정부로 하여금 이렇게 할 수밖에 없었음에도 불구하고) 구 정객들은 적반하장으로 마치 본인이 정권에 미련이 있는 것처럼 왜곡, 선전에 열을 올렸다. 여기서 본인은 새삼 후진국의 부패한 정치풍토 위에서 청신한 혁명을 완수하기란 얼마나 힘겨운 것인가를 뼈저리게 느꼈다. 본인은 스스로에게 묻고 또 물었다. 과연 인간 '박정희'에게 그러한 사심이 있었던가.

하여간 그러한 조치로써 일단 위기는 수습되었다. 본인은 3·16성명에 대한 안전장치를 마련하기 위해 다음의 조치를 강구하였다. 즉, 군정도 민정도 아닌 상호가 대등한 입장에서 차기 정권에 대해 선의의 경쟁을 하자는 안이다. 말하자면 혁명주체세력이 민간인의 자격으로 제3공화국에 참여한다는 것이 곧 '4·8성명'이었다.

4·8성명은 '군정 연장안에 대한 국민투표를 9월 말까지 보류하고 정치활동의 재개를 허용하는 것'을 그 골자로 하고 있다. 그리고 정부는 9월에 모든 정치정세를 종합 검토하여 군정 연장을 위한 개헌 국민투표를 실시하든가, 아니면 기존 헌법에 따라 대통령선거 및 국회의원선거를 실시하기로 천명했다. 결국 4·8성명은 제3공화국의 부패를 감시하고 타락을 방지함으로써 다시는 혁명의 비극이 되풀이되지 않게 하려는 3·16성명과 같은 출발선 상에서 나온 것이었다.

4) 국민의 의사에 복종한다

"2·27선서대로 나갔더라면 머지않은 장래에 국민은 당신을 다시 찾았을 것이오."

"3·16성명을 왜 밀고 나가지 못하였는가?"

본인을 아끼는 많은 인사들은 이와 관련된 글을 쓰거나 혹은 직접 찾아와서 안타까워하였다. 그러나 그때마다 본인은 묵묵부답으로 일관했다. 모든 것은 일이 돌아가는 상황에 따라 객관적으로 결정해야 하는 것이지, 결코 자신의 인기나 명예로 기준을 삼아서는 안 되는 것이다.

이는 본인의 인생관이기도 한 것으로, 사심을 떠나 공적인 심정에서 결정한 입장의 변경은 조금도 낯간지럽지 않은 것이며 후회할 성질의 것도 아니다. 그리고 태도의 변경에 대한 구 정객의 비난이나 화살은 차라리 영광이다. 그것은 곧 본인이 그만큼 '나'를 고집하는 대신 국민이 원하는 편에 서 있었다는 증거이기 때문이다.

실로 이 시기만큼 중요한 시점이 또 어디에 있을 것인가. 우리는 비난과 시기 이전에 엄숙한 역사의 표정을 읽어야 한다. 그렇지 않을 때 조국과 역사는 망설임 없이 우리에게 등을 돌릴 것이다. 본인은 어느 길을 찾든지 간에 조국이 있고 민족이 있는 곳이라면 그곳에 만족하겠다. 그곳이 초야든 군이든 정계든 무슨 상관이겠는가. 국민 여러분이 국가 재건에 벽돌을 쌓자고 하면 기꺼이 벽돌장이로, 민족의 안녕을 위하여 담을 쌓자고 하면 미장이가 되는 것을 마다 않을 각오다.

4. 혁명은 성취되어야 한다

1) 혁명의 본질과 반동의 모습들

이번 혁명의 목적은 물론 국가재건과 경제 확립이었지만, 그 본질을 보자면 일부 특권층에 의하여 농락되는 정치나 경제 체제를 전 국민의 것으로 되돌려 놓는 데 있었다 할 것이다. 특권계층의 손아귀에 있던 권리와 주도권을 농민, 어민, 노동자 그리고 소시민 사회로 넘겨 서민정치, 서민경제, 서민적 문화를 수립하고 여기에 새로운 엘리트로 하여금 향후 민족국가를 인도할 수 있도록, 말하자면 시대적 신세력층을 형성하는 데 있었다는 얘기다. 이렇게 볼 때 이번 혁명은 이념적으로는 서민적 국민혁명이요 민족적 의식혁명이며 시대적 교체혁명이라 할 수 있다.

구 정객들이 필사적으로 이 혁명에 저항하지 않을 수 없었던 이유도 여기에 있다. 그들의 백년 아성이 무너지고 수명이 다하려 드는데 어찌 그만 한 발악조차 없을 수 있겠는가. 그들은 전가(傳家)의 보도(寶刀)처럼 걸핏하면 허울 좋은 민주주의를 내세웠다. 이것이 그들의 유일무이한 연막전술이다.

그러나 그러한 '밤의 세계'는 가고 있다. 밝아진 세상에서 국민대중의 예민한 시대적 감각과 정부의 강력한 소각작업으로 이들은 점차 밑천을 드러내며 발악을 하고 있는 것이다.

여기서 본인이 명확하게 못 박아 두고 싶은 것은, 그들이 즐겨 쓰는 '민권혁명'이니 '자유의 수호'를 혁명정부가 궁극적으로, 그리고 어떠한 대가를 지불하는 한이 있더라도 기어이 궤도 위에 올려놓고 말겠다는 것이다. 그들이 정권을 잡고 있을 때처럼 결코 '자유'가 일부 계층의 전유물이 되지 않게 하겠다는 것이다. 민주주의는 그들이 독점하는 전매특허품이 아니다. 그런데도 그들은 자유를 자기들만의 상품으로 만들어 도매와 소매로 멋대로 팔았다. 그들은 '자유'를 난도질해 팔던 간악한 장사치들이었다.

4·19혁명 당시 학생들이 "기성세대는 물러가라" 구호를 외쳤던 것을 기억하는가. 그것은 바로 그들의 소행을 규탄하는 표현의 집약이었다. 이렇게 볼 때 5·16혁명이야말로 국권을 농단하던 부패 기득권과 이를 밀어내려는 시민적 국민층과의 투쟁에 있어 이를 지원하고 심판하는 증인이자 제3의 세력이라 할 수 있을 것이다.

2) 역량을 갖춘 진정한 국민을 기대한다

세계 혁명사를 보면 4·19혁명처럼 결실 없는 혁명의 사례를 쉽게 찾아볼 수 있다. 국민혁명이 그 이념의 정당성에도 불구하고 실패로 돌아간 이유는 그들에게 현실적인 '힘'이 없었기 때문이다. 기성의 정권을 타도할 수는 있었으나 그와 유사한 부패정권이 이어지는 것을 막기에는 힘이 미치지 못했던 것이다. 그것은 기득권 세력의 재등장을 막고 그를 대체할 수 있는 신세력층을 확보하지 못했다는 말이기도 하다. 한국에 있어 군사혁명이 불가피하였던 이유도 여기에 있다. 따라서 5·16혁명은 4·19혁명의 유언을 실천한 것이나 다름없다. 더 정확히 말해 5·16혁명은 구세대와 부패한 기성층의 세대적 교체를 간절히 바랐던 국민혁명을 책임지고 증명한 것이었다. 다시 말해 이 혁명의 특색은 '기성세력층 대 (국민의식+군의 힘)'으로 표현될 수 있겠다.

혁명정부가 재건국민운동을 전개한 것도 결국 국민 역량을 배양하려 함에 있었다. 국민적 각성을 조직적으로 의식화하고 몸에 배게 하여 외침과 내환에 대비해 자위태세를 구축하는 한편, 국민의 체질개선과 세대교체를 통해 군정이 손을 떼더라도 국민 자체의 힘으로 능히 새로운 국가를 운영하여 나가게 될 것을 희망하였던 것이다. 그런 의미에서 이번 혁명의 성공 여부는 실로 천재일우(千載一遇)의 기회이자 역사의 진보와 퇴보를 가름하는 분기점이다.

본인은 한강을 건너올 때 이미 개인적인 생사를 초월하였다. 국가와 민족의 사활이 달려 있는 혁명, 바로 그것을 위하여 혁명은 성취되지 않으면 안 되는 것이다. 다시는 특수계층에 지배되는 불행이 우리 사회에 있어서는 안 될 것이다. 정의가 통하고 진실이 호흡하는, 발랄하고도 참신하며 희망과 이상에 충만한 동방의 복지국가를 창건하자는 일념으로 매진하는 일만이 있을 뿐이다. 이에 국민 여러분의 보다 의욕적이고 보다 강력한 협조와 애국적인 지원을 거듭 바라 마지않는다.

제4장

세계사에 부각된 혁명의 여러 모습

본인은 이제 세계사에 비쳐진 여러 혁명을 고찰하고자 한다. 고찰을 통해 우리의 혁명이 어떤 성격을 띠고 있는지를 비교하고 입증할 수 있기 때문이다.

혁명이란 그 본질적인 면에서 일체의 관용이나 타협을 용납하지 않는, 어디까지나 초비상수단을 그 내용으로 한다. 물론 그런 상식도 20세기 후반에 들어와서는 많은 변화를 가져온 것도 사실이다. 확고한 사상이나 제도 상의 개혁을 목적으로 한 것이 아닌, 단순히 정권 장악 수단으로 혁명을 차용한 예도 흔하다. 그러나 혁명의 요체는 적어도 한 국가나 한 민족이 나라의 형세나 국면을 크게 바꾸는 대업을 수행함으로써 명실상부한 복지사회를 이룩하는 것에 목적을 두지 않으면 안 된다. 또한 이러한 과업들은 궁극적으로 혁명이라는 비상한 과정을 필요로 하고 있다는 사실 역시 역사가 증명하고 있다. 위대한 창조는 그와 같은 위대한 진통에서만 가능한 것이다.

요는 이 위대한 창조를 위해 그에 따르는 진통을 감당할 만한 이상과 용기가 있느냐 없느냐 하는 것이다. 이상과 용기가 없이 그 어떤 국가, 그 어떤 민족도 위대해진 예가 없었거니와, 혁명 또한 온전하게 치러진 경우가 없다.

물론 한마디로 혁명이라고 통칭되기는 하지만 그 광범위한 단어 속에는 이념이나 목적과 방법, 그리고 그 결과에 있어서는 실로 천태만상을 보인다. 그 속에는 찬성할 것도 있고 비난할 것도 있으며, 성공한 것과 실패한 것, 그리고 이도 저도 아니게 유산(流産)으로 끝난 것도 있다. 또한 근래에 와서 혁명이 지역적 한계로, 인종적 운명으로, 그리고 문화와 종교적인 이유 등으로 변형되고 발전되는 경우도 있다.

본인은 세계사를 더듬어 각국 혁명의 여러 양상과 그 단면을 살펴보기로 하였다. 우리가 지향하는 혁명의 유형을 여타의 혁명과 비교해 한국혁명의 장점과 단점을 찾아볼 필요가 있기 때문이다. 그것이 혁명의 수행을 돕고 국민 여러분의 이해와 협조를 구하기 위해서임은 너무나 당연한 말이겠다.

본론에 들어가기 전에 사전에 이해를 구하고 싶은 것이 있다. 그것은 본인이 세계 각국의 혁명사나 그 배경, 그리고 이념에 대하여 강의하려는 것은 결코 아니라는 점이다. 그런 여유도 가지지 못하거니와, 그런 것은 흔히 지식의 나열이나 자랑에 그칠 염려가 있기 때문이다. 다만, 이러한 거울들을 우리의 경우에 비추어 봄으로써 우리의 위치를 재확인하고 그 방향을 결정하는 데 참고로 삼으려 할 뿐이다.

1. 혁명에 성공한 각 민족의 재건 유형

혁명의 유형에는 여러 가지가 있다. 레닌의 11월혁명을 필두로 하는 세계 도처의 붉은 공산혁명이 있고, 히틀러의 나치스 혁명과 무솔리니의 파시스트 혁명, 그리고 스페인의 프랑코와 같은 백색 극우혁명이 있는가 하면, 중국의 쑨원(孫文손문, 孫逸仙손일선) 혁명이나 일본의 메이지유신(明治維新), 그리고 터키의 케말 파샤와 같이 순수한 민족재건을 위한 혁명도 있고, 아시아·아랍·아프리카 지역에서 끊임없이 되풀이되고 있는 후진 극복 차원의 자각혁명도 있다.

이렇게 혁명은 한마디로 설명할 수 없이 각양각태의 모습이지만 한 가지 확실한 것은 적색 독재, 백색 극우 혁명은 우리와는 영원히 상관이 없다는 사실이다. 그것은 우리와 무관한 것을 넘어 인류를 위해서도 불행한 것으로 오늘날의 지성이 결코 용납하지 않는다. 그 혁명들은 혁명이란 이름을 악용하여 오로지 몇몇 권력자의 부귀영화에만 봉사하기 때문이다.

이와는 달리 한 국가, 한 민족 사회의 발전을 위한 혁명으로서 프랑스의 민권혁명, 중국의 쑨원 혁명, 일본의 메이지유신, 터키의 케말 파샤 혁명, 이집트의 나세르 혁명, 그리고 산업혁명으로서 영국의 경우는 우리에게 시사하는 바가 크다 할 것이다. 본인이 관심을 가지고 조심스럽게 논하려는 것이 바로 이 혁명들이다.

1) 중국의 근대화와 쑨원 혁명

5억의 인구, 400여 주(州)의 천하와 수천 년의 역사, 그리고 고대문명의 발상국의 하나이면서도 잠자는 사자로만 불리던 중국이 봉건의 묵직한 문을 열고 근대에 눈을 뜨게 된 것은 시대적인 사조나 자체의 진취적인 각성이라기보다는 차라리 서구 열강의 침략 때문이다. 중국의 근대화는 바로 이러한 것에 대한 분노의 소산이었다.

혁명의 도화선

청조(清朝) 말기, 중국의 근대화를 촉진한 혁명의 배경은 청조의 쇠퇴와 갈수록 강도가 높아지는 유럽 각국의 대륙 침략이었다. 이 과정에서 한족(漢族)의 민족의식은 점차 고조되어 갔으며, 이는 만주족 왕조인 청나라를 타도하고 한족국가의 부흥을 열망하는 '멸만흥한(滅滿興漢)'이라는 구호로 압축된다. 여기에 서양의 민권사상이 더해지면서 바야흐로 중국의 여명이 열린다.

1840년, 아편전쟁의 패배로 영국과 난징(남경)조약을 맺은 중국은 홍콩을 영국에 할양하고 광둥(광동), 푸저우(복주), 샤먼(하문), 닝보(영파), 상하이(상해) 등의 항구를 열게 된다. 굴욕은 이제 겨우 시작일 뿐이었다. 1852년의 선교사살해사건과 1856년 발생한 애로(Arrow)호 사건을 트집 잡은 영국과 프랑스는 광둥을 점령하고 톈진(천진)조약을 맺어 다구(대고), 톈진, 베이징(북경)에 진주하고 강제로 주룽(구룡)반도를 빼앗았다. 이어 중쾅(중장), 덩저우(등주), 타이완(대만), 차오저우(조주), 그리고 충저우(경주) 등의 여러 항구를 열도록 강요하는 한편 기독교의 포교권도 장악한다.

중국 본토에서 이 같은 불행이 겹쳐지고 있던 1858년, 러시아는 별다른 명분도 없이 중국에 아이훈(애혼)조약을 강요하고 광대한 연해주 일대를 빼앗아 러시아 동진정책의 발판을 구축한다. 남방으로는 1885년 프랑스가 베트남(안남)의 종주권을 빼앗는 등 수모가 이어진 끝에 종국에는 청·일전쟁(1894~95)으로 중국은 외세 앞에 완전히 투구를 벗고 말았다.

청·일전쟁에서 패배한 중국의 처지는 참으로 비참한 것이었다. 타이완을 일본에 넘겨주었고, 소위 '3국간섭'의 흥정에 따라 독일에 자오저우(교주)만을, 미국에는 위하이위(위해위)를, 프랑스에는 광저우만을, 그리고 러시아에 뤼순(여순)·다롄(대련) 등을 조차지(租借地)라는 명목으로 강점당한다. 이를 전후하여 주요한 항만, 하천의 항행, 철도·광산의 경영권이 외세에 넘어갔고 심지어 관세의 관리, 금융까지도 외국 은행이 지배하게 된다.

나날이 심해지는 외세의 정치, 경제적 압박에 중국 국민의 생활상이 어떠했을지 추측하기는 어렵지 않다. 피 끓는 청년이 어찌 이것을 보고

만 있을소냐. 쑨원! 그가 마침내 기(旗)를 올린 것이다.

혁명 사조와 민중의 저항

이같이 외세의 침략과 압박에 대항하여 거사된 이 혁명에는 두 주류가 있었다. 하나는 캉유웨이(강유위)를 중심으로 한 소위 '변법자강(變法自強)'의 사조, 그리고 쑨원의 '삼민주의(三民主義)' 혁명이념이 그것이다. 전자가 열강 침탈의 이유가 청국 정부의 전제군주제도에 기인하는 것이므로 이를 민주적으로 개혁하여 정부를 보강함으로써 국가의 자주성을 회복해야 한다는 '청조보강론(清朝補強論)'이라면, 후자인 쑨원의 논리는 오직 중국을 구하는 길은 청조를 타도하고 근대적 민주국가로 새출발하여야 한다는 '민주국가론'이었다. 이 양대 혁명이론은 뒤에 캉유웨이의 무술변법(1898)과 쑨원 주도의 신해혁명(1911)으로 현실화된다.

신해혁명 전에도 줄기찬 민족의식의 사상적인 발흥이 있었는데 그 큰 줄기들은 대략 다음과 같다. 첫째로 청조를 반대하고 명조(明朝) 복원을 주장한 반청복명주의(反清復明主義) 백련교(白連教)의 난(1796)이 있었고, 1850년대에 와서는 청조를 타도하고 기독교의 태평천국을 주장하는 홍슈취안(홍수전)의 '태평천국의 난'(1850~64)과, 기독교를 앞장세우며 침략하는 서양인을 배격하는 '대도회(大刀會)의 난' 그리고 기독교에 대한 반항과 열강에 대한 증오로 촉발된 의화단(義和團)의 '북청사변(北清事變)'과, 청조 전제군주제를 개혁하려던 앞의 무술변법이 그것이다.

처음부터 전제군주제도를 지양하고 민주국가로서 중국을 창건하려던 쑨원은 청·일전쟁이 일어나자 고향인 광둥을 발판으로 혁명을 기도하다 실행 전에 탄로나 실패하고 만다. 소위 '광둥사변'(1895)이다. 쑨원의 최초의 정치운동이자 혁명은 이같이 실패로 돌아가고 말았다. 쑨원만이 아니었다. 중국의 민중운동은 연달아 실패하고 있었다. 분노의 눈물을 삼키며 캉유웨이도 쑨원도 결국 해외로 망명하지 않으면 안 되었다.

그러나 그 이후에 계속된 일련의 저항운동 끝에 신해혁명은 성공을 거둔다.

쑨원과 삼민주의(三民主義)

광둥사변에서 실패를 맛본 쑨원은 일본, 하와이, 영국 등을 떠돌며 화교와 유학생들에게 혁명사상을 전파하는 한편 동지들을 규합한다. 1905년 쑨원은 도쿄에서 이념을 같이하는 '화흥회(華興會)'와 '광복회'를 통합하여 새로이 '중국동맹회'를 조직한다. 총리에는 쑨원이 추대되고 그 막하에 황흥, 왕조명, 호한민, 요중개, 장병린, 양계초 등 천하의 지장(知將)들이 모인다. 이들은 오래지 않아 밝아 올 신해혁명을 향하여 전진을 계속한다.

1911년 10월 10일 우창(무창)에서 지식인과 군대가 연합한 봉기가 발생한다. 이 봉기가 성공을 거두면서 행정을 장악한 혁명군은 난징 정부를 수립하고 다음 해 1월 1일 쑨원이 임시대총통에 취임함으로써 오늘의 중화민국이 건국되었다. 중국에서뿐만 아니라 아시아에서는 처음으로 민주공화정이 수립된 것이다. 그것은 5천 년 만에 중국대륙에 새 태양이 솟은 일대 사건이었고 쑨원이 지금도 중국의 국부(國父)로 추앙받는 이유이기도 하다.

그의 혁명이념의 기저가 된 6대 강령, 삼민주의(三民主義), 5권 헌법을 대략적으로 살펴보자.

6대 강령

1. 열악정부(劣惡政府)의 타도
2. 공화체제의 건국
3. 진정한 세계평화의 유지
4. 토지의 공유
5. 중·일의 국민적 연합
6. 세계 열강에 대한 중국 혁신사업의 이해 촉구

삼민주의

민족주의 민족주의는 만주족이 세운 청나라를 몰아내자는 것으로 이것을 길 가다가 만난 타인을 결코 자기 부모로 생각할 수 없는 것과 같은 이치로 설명하고 있다.

민권주의 인간은 누구나 자치의 권리가 있다. 민권주의는 군주에 의한 지배를 타파하고 국민의 정부를 세우자는 것이다.

민생주의 민생주의는 경제주의이다. 민족혁명과 정치혁명을 했지만 이 혁명들이 사회혁명과 병행되지 않는다면 그 결과는 어떻게 될 것인가. 소수 자본가에 의하여 대다수 국민들이 희생될 것이고 나아가 제2의 혁명을 불러들이는 요소가 될 것이다. 중국에는 현재 자본가가 많지 않다. 그러나 장차 자본가는 무성해질 것이며 빈부의 격차는 나날이 현격해질 것이다. 현재로서는 눈에 보이지 않지만 그렇다고 이를 대책 없이 방치한다는 것은 지극히 위험한 일이다. 이 부분에서 하나의 예비책을 강구하여야 한다. 즉, 토지가격을 정해 두는 방법이 그것이다. 예를 들면 현재 2천 원 하는 토지가격을 그대로 2천 원으로 정한 뒤 이것을 표준으로 과세하는 한편 장차 상승하는 가격의 차이를 국가에 돌아오게 한다는 것이다. 이렇게 함으로써 지주에게는 하등 손실이 없고 그 차이에서 발생하는 이익은 국가와 사회 정책에 충당한다. 이것은 중국과 같이 지가에 좌우되는 국민경제체제에 있어서는 참으로 합리적인 정책이었다.

5권 헌법

행정권, 입법권, 사법권, 고선권(考選權), 규찰권(糾察權)이 헌법에 규정되어 있다. 이것은 중국에서만 볼 수 있는 특별한 헌법으로, 중국의 사정을 말해 주는 좋은 자료라 할 것이다.

쑨원의 6대 강령, 삼민주의와 5권 헌법은 중국 전래의 사상에 서구의 근대 정치와 경제 사조를 가미한 독특한 혁명이론으로서 우리의 주목을 끈 바 있다. 더 많은 사상적 검토를 논할 여유가 없는 것이 아쉽다.

다만, 쑨원의 혁명을 훑어본 소감만은 꼭 기록해 놓고 싶다. 그 혁명의 이면에 얼마나 암울하고 굴욕적인 민족의 수난이 있었고, 이로 말미암아 국가와 역사가 또 얼마나 괴로웠으며, 이를 바로잡으려는 피땀 어린 노력은 또 얼마였을까 하는 점이다. 이 점에서 쑨원의 혁명은 세계 혁명 사상 오래도록 빛날 금자탑이라 할 것이다.

2) 메이지유신과 일본의 근대화

섬나라 일본은 19세기 초 68개의 지방 제후가 분립하여 동족상잔의 내란으로 나라가 혼탁하고 어지러운 상황이었다. 2천 년 역사의 그 땅은 소위 양이쇄국(攘夷鎖國)을 자랑하며 성문을 굳게 닫고 융통성 없이 봉건생활을 영위해 왔다. 그랬던 일본이 메이지유신이란 혁명을 겪고 난 지 10년 내외 세월 후 일약 극동의 강국으로 등장한다. 실로 아시아의 경이요 기적이 아닐 수 없다.

메이지유신의 배경

그러한 경이와 기적을 낳게 한 역사적 배경은 무엇이었던가. 그것은 봉건사회가 스스로 붕괴되고 있었고 때를 같이하여 유럽 열강이 개국을 서두르게 한 것이다.

일본은 소가씨(蘇我氏), 후지와라씨(藤原氏), 다이라씨(平氏)의 가문을 거쳐 1542년에는 도쿠가와 이에야스(德川家康)가 도요토미(豊臣

秀吉) 가문에 이어 바쿠후(막부)의 지배권을 장악하면서 자기 지배 하의 세습적 가신(家臣)인 제 다이묘(大名, 지방영주) 176가(家) 외 다이묘 86가를 거느리고 군사독재체제를 확립, 패권을 누려 왔다. 이러한 일본 역사 이야기가 국민 여러분께는 별로 유쾌하게 들리지 않겠지만 조금만 참아 주기 바란다(이 불쾌를 맛보지 않으면 안 되는 우리의 처지가 더욱 딱하다).

이같이 튼튼한 도쿠가와 정권도 250년이 지나자 자연히 쇠퇴의 길을 걷지 않을 수 없게 된다. 그 원인을 살펴보면,

> 첫째, 도쿠가와 바쿠후는 그 세력이 강대함에도 불구하고 항상 다이묘들의 배반 가능성에 불안감을 느끼고 있었다. 도쿠가와 가문은 이를 견제하기 위해 갖은 수법을 다 동원했다. 가령 번(藩, 일종의 지방 정부)과 번끼리의 교섭, 다이묘의 여행, 혼인, 성(城)과 호(壕)의 축조, 제후의 조정(朝廷)과의 접촉 등 광범위한 금지와 허가를 통해 간섭주의를 펼쳤고 재정에까지 압력을 가함으로써 제후들의 세력 약화를 기도하였으나, 이는 결국 도쿠가와 가문과 제후들 사이의 거리를 멀어지게 한다.
>
> 둘째, 도쿠가와 바쿠후의 장구한 평화가 가져온 부작용이다. 무사들은 이로 인하여 수입이 줄었고 거기에 영주의 감봉이 겹쳐 이들의 생활은 어느새 빌붙어 먹고 사는 기생층(寄生層)으로 급격히 전락했다. 조닌(町人, 도시상공인) 한둘쯤은 목을 베어도 죄가 되지 않았던 이들의 지난날 권세를 떠올리면 상전벽해의 상황이 된 것이다. 이들은 얼마 안 가 떠

돌이 무사(로닌浪人, 낭인)로 전락하기에 이른다. 당연히 도쿠가와 가문에 대한 불평이 없을 리 없었다. 이들 로닌 사회의 불평은 나중에 메이지유신의 원동력이 되었다.

셋째, 도쿠가와 바쿠후에서 천대받던 조닌 계급의 팽창이다. 이들은 도쿠가와 바쿠후 하에서는 출세나 영달을 꿈꿀 수 없었기에 오직 돈 버는 일에만 주력하였고, 그 결과 경제적인 실권은 모두 이들 조닌 계급이 쥐고 있었다. 이들이 자신들의 경제력을 동원하여 자신들을 얕잡아보던 도쿠가와 바쿠후를 타도하는 데 앞장서고 메이지유신 추진 세력에 동조하게 된 것은 너무나도 당연한 일이다.

넷째, 도쿠가와 바쿠후에 의해 국고조변(國庫調辨), 즉 군대의 양식을 현지에서 조달하는 방식으로 착취를 당해 오던 농민들의 반발과 변심이다. 지진, 홍수, 한발 등 계속된 천재지변으로 삶이 고달파진 농민들의 민심이 도쿠가와 바쿠후에 대한 적의로 이어진 것이다.

이런 것들이 모여 봉건사회를 붕괴시키는 큰 원동력이 되었다. 메이지유신의 활력이 되었던 유럽과 미국의 압력 역시 빼놓을 수 없겠다. 이러한 개국은 결과적으로 도쿠가와 바쿠후의 종언을 고하게 했고 일본으로 하여금 근대화의 길로 나가게 하는 직접적인 동기가 되었다.

메이지유신의 성취 경과

이러한 내외 정세를 배경으로 태동한 이 유신은 여러 이념과 세력들의 연합으로 성공했는데, 이 이념과 세력들을 살펴보면 다음과 같다.

첫째, 천황이 직접 통치하는 옛날의 왕정으로 복귀하는 '왕정복고주의'

둘째, 사쿠마(位久間象山), 와타나베(渡邊華山), 다카노(高野長英), 요시다(吉田松陰) 등을 중심으로 한 '개국진취론자(開國進取論者)'와 이에 동조하는 하급무사계급의 난학파(蘭學派), 그리고 조닌 계급을 대표하는 상인 등으로 일단을 이룬 '일본근대화 주창파'

셋째, 남규슈(南九州)의 사쓰마(薩摩)번을 중심으로 한 조슈(長州), 히젠(肥前), 도사(土佐) 등의 도요토미 계보의 '도쿠가와 바쿠후 불평파'

넷째, 공경(公卿, 귀족) 출신의 산조(三條實美), 아네코지(姉小路公知), 도쿠다이지(德大寺實則), 이와쿠라(岩倉具視) 등의 '궁정파'와, 그 밖에 기도(木戶孝允), 오쿠보(大久保利通), 사이고(西鄉隆盛), 다카스기(高杉晉作), 사카모토(阪本龍馬), 후지타(藤田東湖), 오무라(大村益次郎), 가쓰라(桂小五郎) 등 열혈 청년들과 천하의 경륜가들, 그리고 이들에 협력해 유신에 크게 도움을 준 미쓰이(三井), 고노이케(鴻池), 이와자키(岩崎), 오노(小野), 시마다(島田) 등 대(大) 조닌(민간재벌)들

이 유신의 결과로서 우리가 주목할 것은, 공이 컸던 사쓰마, 조슈, 도사의 번주(藩主)들이 정계의 일선에서 물러나고 정치 실권이 기도 다카요시(木戶孝允), 사이고 다카모리(西鄉隆盛) 등의 중견급에 의해 장악되었다는 사실이다.

이 모든 것을 총괄하여 본인은 메이지유신의 특징이자 입헌군주제도의 국가재건과 일본의 근대화 원인을 다음과 같이 요약하고 싶다.

1. 메이지유신은 그 사상적 기저를 천황절대제도의 국수주의적인 애국에 두었다.
2. 이리하여 이들은 밖에서 밀려오는 외국의 사상을 일본화하는 데 성공했고 또한 국내적으로 진통을 거듭하는 유신 과업에 대한 외세 침입을 방어할 수 있었다.
3. 번주 세력을 제거하고 천황과 '에너지가 넘치는' 사회 중견층을 직접 연결함으로써 봉건성 탈피와 새롭게 일어나는 기운을 조성하였다.
4. 유신 대업에 앞장섰던 대 조닌을 정치, 경제의 중심 무대로 끌어내 국가자본주의를 육성하고 정치, 경제 양 세력이 천황을 정점으로, 귀족을 국가의 원로로 하는 제국주의적 체제를 확립하였다.

이와 같이 이들은 자신의 확고한 주체성 위에 정치적인 개혁과 경제적인 향상, 사회적인 개혁을 수행한 덕분에 구미(歐美) 체제에 치우치지 않을 수 있었고 여유 있는 과업 전개를 펼쳐 나갈 수 있었다. 메이지유신의 내용 중 '폐번치현(廢藩置縣, 번을 폐지하고 현을 신설함)'이나 무사단의 해체, 토지개혁, 헌법의 공포, 국회의 개원, 통화개혁 등 제반 시책은 이 항목에서 언급할 것이 아니므로 생략한다.

시대나 사람의 사고방식이 지금과 같을 수는 없다. 그러나 일본의 메이지혁명의 주도자들의 경우 차후 우리의 혁명 수행에 많은 참고가 될 것은 부정할 수 없는 것이어서 본인은 이 방면에 앞으로도 관심을 계속 가져 나갈 생각이다.

3) 케말 파샤와 터키혁명

케말 파샤! 그는 터키의 국부다. 터키를 떠올릴 때 우리는 이 혁명의 영웅을 결코 건너뛸 수 없다.

터키의 국민혁명을 말하려면 먼저 제1차 세계대전에서 패배한 후 이 나라의 참상부터 살펴보지 않으면 안 된다.

독일 편이었던 오스만제국(터키의 전 이름)은 1918년 10월 30일 연합군에 굴복했고, 2년 후인 1920년 8월 10일에는 전문(全文) 13편 433조로 된 비참한 강화조약에 조인을 하게 된다.

치욕의 세브르강화조약

세브르(Sèvres)강화조약의 결과로 터키는 명목상이든 실질적이든 모든 식민지를 빼앗기고 본토의 태반마저도 위임통치 혹은 '세력범위'라는 형식으로 열강에 탈취당한다. 이집트는 영국에, 모로코와 튀니지는 프랑스에, 그리고 동부 트라키아와 에게 해의 섬들은 그리스에게 넘어갔다. 아르메니아의 독립을 허용해야 했으며 쿠르디스탄의 자치권도 인정해야 했다. 이즈미르의 행정권도 그리스의 손에 들어갔다. 결국 터키 민족에게 남겨진 영토라고는 유럽 터키 본토의 10퍼센트 이하와 아시아 터키 본토의 3분의 1에 불과하게 되었고, 수도인 이스탄불의 실권마저도 연합국에 넘어가는, 그야말로 제국의 몰락이었다.

영토의 상실이 끝이 아니었다. 터키 내의 항만 자유사용권, 흑해 연안 항구들의 자유지역권 등이 연합국의 손에 들어갔고, 수송우선권, 모든 통신기관에 대한 관리권, 비행기에 관한 자유항행권과 무조건사용권, 비행장 건설명령권 등 각종 권리를 연합국이 틀어잡고 터키는 의무만을 진 신세가 되었다. 군사력의 보유에 있어서는 육군이 700명의 친위병과, 포병을 가지지 않은 보병 3만 5천명으로, 해군은 슬루프함(艦) 7척에 수뢰정 6척으로 제한되는 수치를 감수해야 했다.

이상이 터키가 패배 후 맛보고 앞으로 또 맛볼 치욕의 내용이다. 20세기에 있어서 이 같은 과하고 악독한 보복은 터키 외에는 찾을 수 없을 것이다. 가히 전쟁사에 다시 없을 최악의 항복 조건이라 하지 않을 수 없겠다.

진주군의 폭압과 터키 민족의 재기

비록 전쟁에는 패하였지만 터키 국민의 가슴속에 있는 자부심은 소멸하지 않았다. 이 비운이 닥치기 전까지 터키는 세계 최대, 최강의 제국을 자랑하던 오스만제국의 후예였고 한 민족, 한 국가가 형성된 이래 단 한 번도 정복을 당한 일이 없는 긍지의 나라였다. 그런 까닭에 이 패배와 패배로 인한 핍박은 터키 국민들에게 크나큰 충격이었다.

여기에 연합국은 또 한 번 강압적인 명령을 내렸다. 1917년 11월, 차르 정권을 무너뜨린 소련 적색정권에 대항하기 위한 군사시설의 설치 강요가 그것이다. 연합국의 폭압은 끝이 없었다. 전 국토를 갈기갈기 찢어 나누어 갖고 진주한 뒤에는 터키 국민의 재물을 약탈하고 노예처럼 부리는 등, 고난이라기보다 아예 터키 국토가 지옥으로 변한 느낌이었다.

특히 스미르나(현재의 이즈마르) 지구에 진주한 그리스군의 잔혹한 행위는 그동안 겪은 터키 민족의 수난을 웅변할 뿐만 아니라 오늘날까지도 '비극의 표본'으로 남아 있다. 1919년 5월 15일 미명이었다. 미·영·프 연합함대가 호위하는 가운데 아름다운 꿈의 도시 스미르나에 진주한 2개 연대와 그리스 육군은 눈 깜짝할 사이에 300명의 터키인을 학살했다. 그리스 육군의 총검은 노인과 어린아이를 가리지 않았다. 터키 모자를 쓴 사람이면 닥치는 대로 살해했고, 터키인 특유의 베일을 쓴 부녀자는 모조리 욕보이고, 집이란 집은 예외 없이 불살랐으며, 재물 될 만한 것은 남김없이 약탈해 갔다. 아무리 전쟁에 졌다지만 이 얼마나 끔찍한 참상인가. 아름다운 꿈의 도시 스미르나는 불과 40시간 만에 죽음의 도시로, 악마의 놀이터로 변하고 말았다. 스미르나의 참살극, 그것은 터키인들만의 가슴을 울린 것은 아니었다. 전 세계 인류의 가슴에 분노를 들끓게 한 사건이었다.

터키의 비극은 스미르나 한 곳에 그치지 않았다. 연합군이 가는 곳마다, 그들의 발길이 닿는 고을마다 터키의 비명은 밤낮으로 터져 나왔다. 그때까지 무장해제를 당하지는 않았지만 참극을 빤히 보면서 터키군은 참아야만 했다. 사랑하는 조국과 처자가 적에게 짓밟히는 것을 옆에서 보면서 그들은 분노를 씹어 삼켰다. 진정 터키는 이대로 영영 망하고 말 것인가.

그러나 역사에 영원히 기록될 1919년 5월 28일, 드디어 터키군은 일어났다. 알리 베이 중령이 지휘하는 터키군 제17연대가 처음으로 그리스 진주군에 총탄을 퍼부었다. 그것을 신호로 민족의 분노가 터키 전역으로 확산되었다. 한 발의 총성이 가져온 크나큰 기적이었다. 마을을 잃고 처자를 떠나보낸 순박한 농민들이 적과의 최후의 일전을 위해 초원으로 모여들었다. 그들은 맨주먹이었다. 남녀 애국 국민들은 의용군을 조직하였다. 여기에는 소작농, 빈농 그리고 심지어 탈영병까지도 있었다. 참으로 잘 싸웠다.

그러나 전쟁은 이미 지지 않았는가. 터키군의 봉기는 끝내 열매를 맺지 못하고 꽃으로 지고 말았다. 폐허가 된 국토에 기진맥진한 국민 그리고 희망 없는, 산발적인 항거였다. 그러나 부패와 유약(柔弱) 그리고 무능으로 오늘의 낙조(落照)를 가져온 메흐메트 6세의 술탄(터키 황제의 별칭) 정부는 아무런 대책도 없이 진주군의 눈치를 보며 오히려 그들과 야합하는 적의 충복(忠僕)으로 알뜰히 복종할 뿐이었다. 터키 국민들은 마음속으로 울부짖었다. 진정, 터키는 이대로 망하고 말 것인가! 진정, 터키를 구할 용자(勇者)는 없는가.

케말 파샤의 등장

무스타파 케말은 1880년 현재의 그리스 땅인 살로니카에서 태어났다. 어릴 때 아버지를 잃고 홀어머니 슬하에서 자랐으며 살로니카 유년학교와 모나스틸 사관학교를 거쳐 1905년에 콘스탄티노플 육군대학을 졸업하였다. 사관학교에서 독일어와 프랑스어를 공부하던 케말은 나폴레옹의 전기를 읽고 큰 감명을 받은 끝에 자신도 나폴레옹처럼 되겠다는 꿈을 키운다.

학생 시절부터 그는 열렬한 자유주의자였다. 그는 서구사상에도 심취했으며 제국이 다시 영광을 되찾기 위해서는 민주적이고 합리적인 개혁이 필요하다는 신념을 갖게 되었다. 그 때문에 케말은 1905년 육군대학을 졸업하자 이내 체포당하는 처지가 된다. 그러나 우수한 학업성적 덕분에 석방되었고 다마스쿠스에서 근무를 하게 된다. 그곳에서 그는 '바탄 베 휘리예트(조국과 자유)'라는 비밀결사를 조직했고, 뒤이어 청년 장교를 중심으로 한 '자유협회'에도 관계했으며, 1909년에는 술탄의 반(反) 혁명을 저지하면서 압둘 하미드 2세를 퇴위시키고 그의 동생인 메메드 5세를 술탄 자리에 앉히는 등 청년터키당의 지배권을 확실하게 다진다. 1915년에는 제19사단장이 되어 오스트리아와 뉴질랜드의 연합군을 갈리폴리전투에서 격파하였고, 다시 제16군단장이 되어 해밀턴 장군의 영·프군을 격퇴시켰다. 이 승리로 케말 파샤는 다르다넬스의 영웅이 되었고 그 명성이 전국에 알려진다.

그는 개선장군으로서 수도에 돌아왔다. 그러나 정부는 그를 냉대하였다. 뿐만 아니라 곧 동부전선의 러시아군과의 대전을 위한다는 구실로 동부전선으로 출동을 명한다. 숨 돌릴 틈도 없는 전격적인 명령이었다. 악전고투 끝에 케말은 그곳에서도 적을 격퇴한다. 정부는 그를 다시 남부전선으로 투입한다. 여기서 그는 동맹군인 독일의 할겐하우젠 장군과 크게 충돌한 끝에 해임된다.

1918년에는 황태자의 독일 방문에 수행한다. 이미 독일의 패망을 본 그는 황태자를 총사령관으로 하고 자신을 참모총장으로 하는 혁명을 기도하였으나 황태자의 동의를 얻지 못했고, 황태자는 메흐메트 6세로 즉위한 후에 2차에 걸쳐 국정혁신을 위한 혁명을 박해하였으며, 결국 케말은 시리아 전선의 제7군단장으로 밀려난다.

1919년 4월 30일, 케말은 9군단 감찰관이 된다. 이 지위는 아나톨리아 지방의 군 총사령관 겸 총독에 해당하는 것이다. 뒤이어 케말은 제1, 2, 3군관구의 군력을 자기 통제권 아래 조직화하는 동시에 각 주 행정장관, 국민단체에까지 손을 뻗어 '동부 제주(諸州) 국민주권 옹호동맹'을 구성하고 스스로 위원장에 취임한다. 또한 동부 주 회의와 국민회의를 소집하고 '아나톨리아·루메리아 권리옹호연맹'의 명칭 하에 술탄에 대한 충성과 국민의 주권 수호, 아르메니아, 쿠르디스탄, 동트라키아 등을 포함하는 터키 영토의 수호를 결정한다. 특히 그리스에 의한 병합, 아르메니아 분리에 대한 공동방위와 공동항거 등의 목적을 중앙정부가 관철하지 못할 때는 임시정부를 수립하여 그 목적을 달성할 것을 결정하는데, 이는 그리스에 대한 오래된 반감 때문으로 여겨진다. 아울러 케말 자신을 비롯한 13명의 대표위원을 선출하고 이 양 회의의 의장에 취임하였다.

이렇게 케말은 비로소 통일된 국민적 조직기반을 가지게 되었으며, 이 기반을 통해 중앙정부와 외세에 대항하는 줄기찬 구국독립투쟁을 전개해 나간다.

혁명의 가도(街道), 피의 승리

1920년 4월, 케말은 앙카라에 임시정부를 수립하고 콘스탄티노플 술탄 정부의 정규군 및 반란과 싸우는 한편 터키 민족의 독립투쟁을 한층 강화한다. 그는 무엇보다 국민의 지지를 얻는 데 힘을 기울였다. 1921년 7월 10일, 숙적 그리스군의 총공격을 받게 되자 국민의회와 내각의 전권 위임 하에 스스로 총사령관이 되어 적을 완전히 소탕함으로써 원수(元帥)가 되고 명실상부한 터키의 실권자가 되었다.

이때부터 케말은 국가자본을 투자하여 민족자본을 육성하는 한편 정규군의 훈련과 재편성에 주력하여 1922년 8월 26일, 그리스군에 대한 총공격을 전개하여 9월 9일, 만 3년 4개월 만에 원한의 땅 스미르나에 입성한다. 감격적인 날이었다. 입성하는 측이나 맞는 측이나 모두가 눈물에 젖어 있었다.

케말은 이 기세를 타고 국민의회에 술탄 제도의 폐지를 내용으로 하는 결의안을 제출하고 이는 만장일치로 가결된다. 메흐메트 6세는 몰타 섬으로 망명하였고, 터키 민족의 독립운동을 저해하던 영국의 괴뢰 술탄 정부는 붕괴된다. 그렇게 케말의 터키혁명 통일은 성취된 것이다.

케말이 국가대권을 맡고 처음 열강을 대한 것은 로잔(Lausanne)강화회의에서였다. 이 회의는 1922년 11월에 시작하여 다음 해인 1923년 7월 24일까지 계속되었는데, 143조로 된 강화조문과 그 부속의정서, 부속선언서 등 7개의 문서에는 굴욕적인 세브르조약의 폐기와 어제의 패전국에서 당당히 전승국으로 터키의 주권을 되찾는 내용이 담겨 있다.

이렇게 터키 민족은 비로소 한숨을 돌린다. 일체의 점령 상황에 완전히 종지부를 찍었고, 세브르조약에 규정됐던 오스만제국의 식민지와 해협 제도를 포기하는 것 이외에는 스미르나 지역 등 대부분의 영토를 되찾았으며, 거기다 러시아로부터 양보받은 국경 3주(州)를 합하면 본국의 면적은 그전보다 더 확대되었다. 터키는 이제 전승국으로서 새출발을 하게 된다. 이후 1923년 7월 24일, 터키 국민의회는 이 조약을 인준하고, 10월 2일에는 연합군이 철수했으며 같은 달 6일에는 터키군의 감격적인 수도 입성이 있었다. 10월 13일에는 수도를 앙카라로 옮겼고, 10월 29일에는 제정(帝政)이 폐지되고 101발의 축포 속에 공화국이 수립되었다. 그리고 다음 해 4월 20일에는 헌법이 선포된다. 이로써 터키 민족은 외국의 지배를 물리치고 민족의 주권을 회복하였으며 전제군주 제도로부터 민주정치를 쟁취했다.

이 빛나는 혁명의 역사는 세계평화와 민족의 독립을 위한, 터키 국민의 피로 쓰여진 것이다. 그러나 이 귀중한 교훈을 어찌 터키 민족의 것이라고만 할 것인가.

국정 전반기에 있어 케말은 일당독재 체제를 유지하는 등 민주주의의 제반 원칙들을 유보시키는 데 망설임이 없었고, 터키 전통모자 착용 금지 조치에 반발해 시위를 벌인 주동자들을 가차없이 교수형에 처해 버리기도 했다. 그러나 그런 이유로 지금 케말을 비판하는 터키 국민은 찾아보기 힘들다. 케말은 현재 터키인들이 가장 존경하는 인물이며, 해마다 그가 숨을 거둔 11월 10일 오전 9시 5분에는 전국에서 사이렌이 울리고 모든 국민들이 1분간 묵념으로 그를 추모한다.

4) 나세르와 이집트혁명

나세르의 혁명 배경

나세르의 이집트혁명은 근세 혁명사에서 우리의 주목을 끄는 대표적인 혁명이다. 이 혁명은 여러 가지 의미에서 분석과 검토의 대상인 까닭에 일단 이집트라는 나라에 대해 좀 더 알아볼 필요가 있다.

이집트는 고대문명의 발상지 중 하나로 국토나 자원, 인구의 방대함에서 봤을 때 아랍·아프리카 세계의 중국이라 할 수 있겠다. 이 나라는 19세기 초까지 터키제국의 지배 하에 있다가 1840년 일시적인 자치가 허용되었지만, 1882년 대규모 반영(反英) 폭동의 결과로 카이로를 점령당하고 영국의 세력권에 들어가게 된다. 제1차 세계대전 당시 영국의 보호국이었다가 1922년 형식적이나마 독립을 하기에 이르지만, 영국은 이집트를 포기할 생각이 없었다.

이탈리아의 에티오피아 침략에 즈음한 1936년 8월, 영국은 영·이집트군사동맹조약을 맺어 타국 영토 안에 군대를 주둔시킬 수 있는 권리인 주병권(駐兵權)을 확보한다. 이 조약으로 영국은 수에즈운하에 계속 주둔, 관리하며 이집트 영내에서 유사시 자유롭게 군사작전을 전개할 수 있게 된다. 제2차 세계대전이 발발하자 영국은 이 조약을 구실로 이집트 영토를 점령하고 왕궁을 포위하여 친영(親英) 정권인 와프트 내각을 세운다. 이는 이집트 국민으로서는 참을 수 없는 굴욕으로 반영 시위가 이어진다.

이 시기로부터 가말 압델 나세르의 혁명정권이 수립되기까지 이집트의 역사는 그야말로 '민족해방투쟁의 역사'였다. 이집트 국민은 영국군의 즉각 철수를 요구했고 마침내 1936년에 맺은 영·이집트군사동맹조약의 폐기를 선언하였다.

이 반영운동은 일찍이 이 나라에서 볼 수 없었던 단결을 가져왔다. 학생은 물론 노동자에 이르기까지 혼연일체가 된 그야말로 범민족적인 궐기였다. 그러나 그 와중에도 국왕과 대지주와 면화 상인을 중심으로 한 부패 특권층은 자신들의 세력 유지에만 골몰할 따름이었다. 그러나 결국 영국은 하는 수 없이 본토에서 물러나고 이것이 전후(戰後) 이집트 민족투쟁의 제1차적인 승리였다.

승리는 거두었지만 그간의 불균형 발전으로 인한 부작용은 만만치 않았다. 영국이 이집트에 건설한 화학, 금속, 기계, 방적, 시멘트, 사탕, 연초, 은행업 등은 분명 국민적인 이익에 돌아가야 했으나 그 과실은 특권층이 독식하고 있었던 것이다. 이에 대한 각성은 민족해방투쟁에 이어 계급투쟁이라는 새로운 양상으로 발전하게 된다.

때맞춰 터진 게 그 유명한 팔레스타인분할사건이다. 유엔은 1947년 팔레스타인 지역을 유대인 지역과 아랍인 지역으로 나누는 결의안을 채택한다. 유대인들은 환영했지만 팔레스타인 내 아랍인들은 격분한다. 인구비율로 따져 아랍인의 겨우 3분의 1, 그리고 전체 면적의 7퍼센트만을 차지하고 있던 유대인들에게 팔레스타인의 56퍼센트를 분할한다는 데 분노하지 않으면 그게 더 이상한 일 아니겠는가. 경작 가능한 대부분의 비옥한 땅이 유대인 차지가 되었고 특히 올리브농장과 곡창지대의 80퍼센트가 유대인에게 배정되었다. 1948년, 유대인들은 이스라엘의 건국을 선포한다. 이에 반발하여 이집트·요르단·시리아·레바논·이라크 등 아랍 연합국과 이스라엘 사이에 발생한 전쟁이 제1차 중동전쟁(1948)이다.

이집트 왕정은 전쟁을 계급투쟁의 압박 수단으로 활용한다. 전국에 계엄령을 선포했고 노동운동을 탄압했다. 막상 전쟁을 시작하기는 했지만 이집트군의 전력을 보면 실용가치가 없는 노후한 무기와 녹슨 탄약이 태반이었다. 여기에 부패한 상류층의 무능이 겹쳐 전세는 나날이 불리해져 간다. 이집트의 마지막 왕이었던 파루크 국왕은 전쟁 초반 이집트의 우세를 자신의 덕분이라며 정치적 선전을 하고 파티를 일삼았던 것이다. 이스라엘군이 반격을 개시하여 아랍 연합군이 불리해지자 파루크 국왕은 그 책임을 국민들에게 돌린다. 이스라엘 공군이 카이로를 폭격하던 날 이집트 국민들은 중요한 사실을 깨닫는다. 눈앞의 외적보다 내부의 적에 대한 대책이 시급함을 통감하게 된 것이다.

1950년 1월, 총선거가 실시되자 전쟁기간중의 영국에 대한 협조, 간부들의 부패라는 약점에도 불구하고 왕정 비판, 민족산업경제의 향상, 국민생활의 개선, 1936년 협약의 개정 등을 주장한 와프트당이 10년 만에 정권을 맡게 된다. 그러나 와프트당은 얼마 가지 않아 국민의 규탄을 받는 표적이 되고 만다. 계엄령 해제에 따른 학생, 노동자, 빈민층의 대중운동은 한층 더 무서운 기세로 폭발하였고, 거기에 파루크 국왕과 와프트 내각의 불화는 전 이집트에 정치적인 위기와 함께 일대 사회혼란을 불러왔다.

1951년 9월, 이집트 국민의 바람이었던 수에즈운하에서의 영국군 철수와는 달리, 이집트의 중동방위사령부 참가를 조건으로 미·영·프·터키군으로 편성된 국제군이 영국군을 대체하게 한다는 소위 '중동방위기구안'이 발표된다. 이 결정에 이집트 국민이 가만히 있을 까닭이 없었다.

사태가 이렇게 전개되자 와프트 내각은 1936년 조약 파기를 선언하고 영국군의 수에즈 철수를 정식으로 요구한다. 정부와 국민이 일체가 된 이 반영 민족해방투쟁은 실로 이집트 역사상 없었던 최대 규모로 전개되었다. 학생, 노동자, 문화인, 지식인, 사무원, 도시빈민과 농민은 물론 자본가와 지주에 이르기까지 실로 모든 이집트인이 총단결한 것이었다. 그러나 이를 맞이한 것은 무자비한 총탄 세례뿐이었다. 전 국민들도 무장하고 일어났다. 11월부터 수에즈운하 지대는 게릴라전으로 아수라

장이 되었다. 이같이 영웅적인 항거를 전개하였음에도 불구하고 와프트당은 이를 조직화하고 지도할 뜻을 갖기는커녕 도리어 당초의 결의와는 달리 보조경관을 동원하여 이 운동을 탄압하였으며, 국왕은 국왕대로 영국 편에 붙기 시작했다.

바로 이때 이집트 민족해방투쟁사에 영원히 기록될 저 유명한 '암흑의 토요일' 사건이 터진다. 1952년 1월 25일, 이스마일리아 시청을 포위한 영국의 기갑부대는 250명의 이집트 수비대를 살해했고, 그다음 날 수도 카이로에서는 연달아 방화사건이 발생한다. 격노한 이집트 국민들은 영국인과 백인 지구를 습격하여 17명을 타살하는 한편, 적성국(敵性國) 국민 50명을 처단하고 그 주택에 불을 질렀다.

불행하게도 이 암흑의 토요일 사건은 이집트 민족운동에 결정적인 타격을 가져오는 원인이 되고 만다. 국왕과 와프트 내각은 계엄령을 선포하고 새롭게 친영 내각인 힐라리 정권을 수립하여 의회를 해산해 버린 것이다. 이날부터 이집트에는 4년 반 동안의 계엄과 5년 반의 의회 없는 사태가 빚어진다. 영국과 친영 일당, 그리고 국왕과 부패 봉건계층의 독무대가 펼쳐진 것이다.

혁명의 경과

바로 이때 깃발을 올린 것이 '자유장교단' 혁명이다. 1938년, 반(反)식민, 반 왕정, 반 봉건제를 주창하던 나세르의 호소로 조직된 자유장교단이, 그 지도자격인 나기브가 국왕으로부터 입각을 거부당한 것을 계기로 제2차 힐라리 내각 성립 이틀째인 1952년 7월 23일에 쿠데타를 단행한 것이다.

자유장교단은 군부 쇄신이 근본적으로 이집트 정국을 바로잡는 것이며, 정국을 깨끗하게 하는 것은 궁극적으로 사회의 근본적인 개혁을 뜻한다는 것을 정확히 이해하고 있었다. 7월 23일 오전 0시를 기해 행동을 개시한 혁명군은 카이로를 점령하고 알리 마헤르를 수상에 추대하는 동시에, 26일에는 알렉산드리아를 점령하여 파루크 국왕의 지위를 박탈하고 국외로 추방하였다. 이 혁명의 행동강령은 혁명위원회를 통하여 전 국민 앞에 발표되었는데, 그 핵심 키워드는 '단결, 규율, 노동'이다.

혁명군의 국정쇄신 첫 번째는 정치를 바로잡는 것이었다. 파루크 국왕의 측근들과 와프트당 그리고 당의 간부들을 재판정에 세웠고 아울러 군부, 정계 추방대상자 심사위원회와 부패행위자 조사위원회를 설치하여 무기 구입, 면화 거래, 토지수득세 불납 등과 관련된 부정을 조사하게 하였다. 한편으로 구 정권에서 정치적 박해를 당했던 정치범들을 대거 특사 조치하였다.

둘째는 사회복지 증진책으로, 디플레이션 정책을 유지하고 수입관세를 인상하였는데 이는 민족산업의 보호와 육성을 위해 취한 조치다. 소득세율도 개정했다. 배당이자와 이윤의 세율을 16퍼센트에서 17퍼센트로 인상하여 내외 자본의 투입을 장려하는 범위 내에서의 개혁이 단행되었다. 교육, 사회, 후생 시설의 개선은 이 나라의 최대 관심사인데 예산의 1퍼센트를 증액하였다.

셋째는 파괴활동의 금지다. 반공과 관련된 여러 입법을 서둘렀고 계엄령을 유지했다. 라디오 방송의 통제 그리고 모든 신문 기타 통신에 대해서도 검열제를 실시하는 등 강력한 정책을 추진한 것이다.

그러나 이 같은 제1보를 내디딘 혁명정부는 불가피한 난관에 봉착하지 않을 수 없었다. 무엇보다 제일 먼저 터져 나온 것이 혁명적 조치에 대한 반동으로 인한 국민들의 자유 추구였다. 그러나 평화시에나 가능한 이상적인 요구는 혁명과업의 수행에 하나 이로울 것이 없는 것이다. 혁명정부는 나기브를 수상에 앉히고 혁명위원회가 향후 3년간 전권을 장악할 것을 선언하는 동시에 일체의 정당, 사회단체를 해산하고 여기에 수반되는 모든 반 국가적, 반 사회적, 반 민중적인 움직임을 억제하여 마침내 국민조직으로서 '해방전선'을 발족시키기에 이른다.

여기서 이 해방전선의 성격과 그 정책을 잠시 살펴보면,

1. 이집트에서 외국군 무조건 완전 철퇴
2. 수단(Sudan)의 자치
3. 신헌법 제정
4. 사회보장제도 확립
5. 부의 공평한 분배, 인적·물적 자원의 완전 이용, 신자본의 대량투입을 촉진시키는 경제제도

6. 법률이 정하는 바에 따른 인권 보장과 그 정치제도

7. 사회적 의무감을 기초로 한 교육제도

8. 전 아랍 제국과의 우호 증진

9. 아랍연맹 강화와 지역협정

10. 모든 우호국과의 친선

11. 유엔헌장 준수

등이다.

이 해방전선 이후 나기브 집권 9개월간 혁명위원회가 주력한 것은 토지개혁, 그리고 민족자본의 육성을 기반으로 한 경제시책이다. 이와 병행하여 1953년 2월에는 이집트·수단협정을 체결하여 3년의 과도기를 거친 후 수단 자치를 허용하는 동시에, 그때까지 명목상으로 지속되어 온 군주제도를 1953년 6월 18일을 기하여 폐지하고 완전한 공화국 체제를 창건한다. 혁명위원회는 이같이 완전한 공화체제의 실시를 통하여 정부 개조를 단행하고 나기브는 수상 겸 대통령, 그리고 혁명위원회의 실권자인 나세르는 부수상 겸 내무상에 취임한다.

그러나 후진국가의 개혁 과정에 있어 고질적인 부작용은 여기에도 예외가 아니었다. 완전 공화제의 실시는 그 여파로 반정부적이고 공산주의적인 일대 민중운동을 몰고 온다. 그대로 둔다면 혁명은 완전히 유산으로 끝날 판이었다. 혁명위원회는 강경한 조치로 이에 대응한다. 비상

특별혁명재판소의 설치가 그것이다. 이 기관은 학생, 농민, 사회, 노동, 반혁명 음모에 대한 강력한 단속은 물론 언론·출판·집회까지도 완전히 금지하였다. 이러는 동안 정부는 그들의 모든 역량을 경제건설에 쏟아부었다. 유명한 아스완(Aswan) 하이댐이 바로 이때에 실현된 것이다.

혁명위원회의 정력적인 노력에도 불구하고 나기브와 나세르의 사이는 계속 벌어졌다. 나기브가 형식상의 최고권력자에서 실질상의 권력장악을 요구하며 혁명위원회와 맞서게 된 것이다. 해방전선, 군부, 민간과 구 왕당파 그리고 구 정객과의 연합을 시도하는 나기브파로 인해 이집트 국정은 연일 악화를 갱신했다.

1954년 4월, 혁명위원회는 나기브를 추방하고 나세르를 수상에 추대하여 8명의 혁명위원이 입각함으로써 정부를 장악하기에 이른다. 나세르 정부는 그동안의 정당결성자유권을 취소하는 한편 전 국왕 치하 10년간 관직에 있었던 정당 간부 전원을 숙청하였고, 같은 해 10월 하순에 있었던 나세르 저격사건을 계기로 나기브를 체포, 연금함으로써 나세르가 명실공히 혁명위원회 의장이자 대통령권한대행 겸 수상 직에 오른다.

나세르의 등장

공화제 이집트의 실권자가 된 나세르는 이때부터 그동안 여러 가지 제약으로 미뤄 두었던 자신의 소신을 적극적으로 발휘하게 된다. 이것이 이른바 '나세르 혁명 6개 원칙'이다.

1. 식민주의와 그 동조자에 대한 제재

2. 봉건주의 폐지

3. 정치에 대한 금력 지배의 종식

4. 강력한 국민군 창설

5. 사회정의 보장

6. 건전한 민주적 생활 확립

그간 성격이 모호하였던 이집트의 혁명노선은 그렇게 점차 뚜렷한 윤곽을 드러내게 되었다. 첫째는 그의 중립 노선이다. 1955년 7월의 나세르·네루·수카르노 회담, 같은 해 12월의 나세르·티토 회담 그리고 반둥(Bandung)회의 등에서 그는 언제나 주도적 역할을 담당한다. 둘째는 이스라엘 문제를 계기로 한 전 아랍세계의 단결 촉진이다. 그리고 마지막이 1956년 6월 13일, 이집트 국민들의 숙원인 수에즈운하에서의 영국군 철수다.

나세르는 1956년 6월 23일, 신헌법을 국민투표에 붙여 투표율 99퍼센트, 지지율 98.8퍼센트라는 압도적인 수치로 승리를 거두었고 혁명위원회가 공천한 대통령으로 99.9퍼센트의 지지를 받아 정식으로 대통령이 된다. 그는 이렇게 선언했다.

"우리는 자본주의도 공산주의도 아니다. 단지 우리는 우리의 사회를 형성하는 과정에 있을 뿐이다."

나세르는 지금 세계 최대의 댐이자 이집트 공업화의 중심 동력원인 동시에 전 경작지의 30퍼센트를 늘린다는, 장대무비한 아스완 하이댐 공사에 여념이 없다. 또한 1960년부터 시작된 제2차 경제개발 5개년계획에 대략 3억 7,500만 이집트파운드를 투입하여 연간 1억 3,700만 이집트파운드의 국민소득 증가를 기하는 데 총력을 다하고 있다. 그는 민족경제의 재건을 돕는 인사라면 누구든 이집트의 친구가 될 수 있다고 강조하면서 동·서 쌍방을 마음대로 다루고, 아랍과 아프리카의 정점에 앉아 '제3세계 건설'이라는 내일을 향해 달리고 있다.

수천 년간의 봉건 아성을 무너뜨리고 생기가 넘치는 현대 이집트를 건설하려는 나세르의 투지는 이렇게 빛을 발하는 중이다. 동쪽과 서쪽의 양강(兩強) 세력 그 한복판에서 실리외교를 추진하고 '제3세계'를 외치며 세계 균형을 조정하려는 그의 철학은 약자가 창조해 가는 현실의 기적이 될 것이며, 이는 우리의 관심을 모으기에 충분한 일이 아닐 수 없다.

2. 중근동과 중남미의 혁명 사태

중국의 쑨원 혁명, 일본의 메이지유신, 터키의 케말 혁명 그리고 이집트의 나세르 혁명은 민족의 재기와 발전을 성취한 거룩한 거사였다. 이러한 성공사례에 힘입어 세계 각국은 마치 역사의 생필품처럼 혁명을 불러들였다. 그러나 모든 혁명이 다 그렇게 성공적인 것은 아니다. 그래서 본인은 현재 진통을 겪고 있는 중근동과 중남미의 혁명 사태들을 개관하여 우리의 내일에 지침으로 삼고자 한다.

1) 중근동 혁명과 '아·아(亞阿)클럽'

중근동을 취재하고 온 기자들의 발언은 충격적이다. 비쇼프 기자는 "가축보다도 인간의 값이 싸며 생활상도 인간보다 외려 가축이 낫다"고 하였다. 존 갠서는 "인구는 나날이 불어나는 가운데 자기 손으로 자기 목을 조르는 상태요, 인구 4천의 부락에는 전등이 거의 없고 해가 지면 민가는 성생활밖에 없는 나라"라고 꼬집었다. 이러한 사정은 중근동을 뒤덮고 있는 공통된 현실이다. 인구는 늘고 식량은 갈수록 부족해진다. 그러다 보니 생활고와 싸우다 죽어 가는 것이 그들의 한평생이다. 이런 까닭에 혁명은 항상 대기 상태고 툭하면 불려 나온다.

미얀마, 스리랑카, 이집트, 콩고, 에티오피아, 이란, 이라크, 파키스탄, 수단, 시리아, 태국, 터키, 예멘 등에서의 혁명은 국정 쇄신과 민중의 생활 향상 그리고 정치적 속박에서 해방되고자 하는 사회적 개혁운동을 강령으로 내세우고 있다. 아울러 외세의 축출, 전제군주(독재자)의 추방, 대지주의 탄핵을 기반으로 자주경제를 확립하려는 일종의 산업혁명으로도 발전해 갔다.

이 중근동 혁명의 특색은 오랜 세월 그들을 짓누른 서구 세력에 대한 반발이자, 암흑 속에 처박혀 있던 자신들의 문명과 문화에 대한 자각, 그리고 민족의식을 높여 동·서 양 진영에 대한 '또 하나의 세계권(圈)'을 형성하려는 노력이다. 말하자면 아시아·아프리카를 배경으로 하는 '아·아(亞阿)클럽'의 결성인 셈이다.

네루, 나세르, 수카르노를 필두로 한 이 중근동의 몸부림에서 과연 우리는 무엇을 보고 배워야 할까.

2) 오로지 정권쟁탈전인 중남미의 혁명 사태

중근동 혁명이 일종의 자활혁명임에 반해, 중남미의 사정은 혁명의 명예에 내내 상처만 내는 중이다. 그들은 혁명을 마치 우리나라 청장년들이 삼복에 강변에 나가 먹고 노는 복놀이쯤으로 여기는 듯하다.

그렇다고 그들의 '비정상적인 혁명'에 전혀 이유가 없는 것은 아니다.

중남미는 19세기 초 스페인과 포르투갈의 식민지배로부터 벗어나 명목상의 독립을 찾기는 했으나, 민주주의니 공화체제니 하는 허울 좋은 이름 하에 전근대적인 권력쟁탈전이 벌어지는 중이다. 만성적인 정치불안 상황에서 그들은 대지주와 군벌이 공모하여 권력을 점령하는 데 세월을 보냈다. 이 상처뿐인 혁명들을 나열하면 다음과 같다.

1. 아르헨티나혁명(1955, 1962)
2. 볼리비아혁명(1958, 1961)
3. 콜롬비아혁명(1957)
4. 도미니카혁명(1961, 1962)
5. 에콰도르혁명(1961)
6. 과테말라혁명(1954, 1957)
7. 아이티혁명(1956, 1958)
8. 온두라스혁명(1956)
9. 파라과이혁명 (1954)
10. 니카라과혁명(1960)
11. 파나마혁명(1955)
12. 베네수엘라혁명(1958, 1960)

위 혁명들의 공통점은 쿠데타의 목표와 본질이 다만 정권 쟁탈이라는 사실이다.

여기에 겹쳐 중남미에 있어 또 하나의 골칫거리는 쿠바 카스트로 혁명의 수출 선풍이다. 카스트로는 모스크바에서 공산주의를 직수입하여 미국의 코 아래 붉은 말뚝을 박고 이를 정세가 불안한 중남미에 수출, 라틴아메리카의 공산화를 기도하는 중이다. 미국이라는 자유진영과 카스트로의 불장난 사이에 끼여 있는 중남미 제국의 향후 동향은 대서양 주변의 짐덩어리가 아닐 수 없다.

3. 혁명의 여러 모습에서 배우고 깨우치다

이상에서 우리는 세계 각국에서 벌어진 혹은 벌어지고 있는 혁명의 여러 양상을 두루 살펴보았다. 여기서 우리에게 참고가 될 만한 특색을 추출해 보면 대략 다음의 것이 아닐까 싶다. 즉, 쑨원 혁명에 있어서 혁명이란 '무엇보다도 먼저 확고하고도 일관된 이념의 기저가 형성되어야 한다'는 것이고, 일본의 메이지유신은 '혁명이란 어디까지나 그 개혁의 결과가 자기에게 완전 소화되는 결과여야 한다'는 것이다. 터키의 경우 혁명은 '양보 없는 투쟁과 불굴의 전진에서만 얻어질 수 있다'는 것이고, 이집트의 혁명은 '현대의 혁명은 곧 경제혁명인 동시에 그것은 고도화한 국제 연관성과 항시 직접적으로 연관되어 있다'는 것이다. 우리는 이 중 우리의 현실과 어울리는 것을 취사선택하고 실패의 사례를 학습하여 그 예방에 도움을 얻어야 할 것이다.

혁명은 거사도 힘들거니와 그 성공의 기약은 더더욱 어렵다. 혁명 대상의 숙청, 자기 이익을 위해 간섭하려는 외세에 대한 대처, 그리고 혁명에 대한 반작용으로 발생하는 여러 사태(가령 반혁명 세력의 준동, 혁명에 대한 민중의 몰이해, 순서를 모르는 자유의 추구 등)에 대한 처리가 필요한데, 말이 쉽지 그 실행은 매우 어려운 것이다. 혁명은 이 즐비한 고난 중 어느 한 가지라도 견디지 못하면 바로 실패하고 만다. 이것은 서커스에도 비유할 수 있겠다. 만 가지 준비 중 하나라도 어긋나면 곡예사는 추락하여 목숨을 잃는다. 그러므로 혁명은 강력해질 수밖에 없다. 법 이외의 강력한 조치와 '힘'의 발동도 불가피한 경우가 허다한 것이다. 국민 모두가 이를 이해하고 협조하는 마음으로 참아야 하는 까닭이다.

혁명은 마치 한 해의 농사와 같다. 가을의 수확을 위하여 농부는 얼마나 많은 땀을 흘리는가. 현재의 고통은 내일의 결실을 위하여 반드시 지불해야 하는 것이다. 이 희생과 지불이 없는 가을의 수확은 허망한 기대다.

또한 혁명은 우리의 인생에 비할 수도 있다. 자녀를 위하기보다 제 자신이 잘살아야겠다는 부모를 본 적이 있는가. 아버지의 노고가 그의 향락이 아닌 사랑하는 자녀를 위하는 데 있듯이 혁명은 오늘의 안락이 아닌 내일의 편안을 추구하는 것이다. 그래서 혁명을 맞은 당대는 고생을 지불하지 않을 도리가 없다. 게다가 오늘날의 부모는 어느 모로 봐도 많은 자산을 자녀에게 물려주기는 틀렸다. 해서 우리 부모들이 물려주어야 할 것은 돈도 아니고 금도 아닌, 그 자녀가 자기 실력대로 살아갈 수 있고 또 자유롭게 살아갈 수 있는 환경과 여건인 것이다. 그런 까닭으로 우리들의 사명은 고되지 않을 수 없다. 혁명이 괴롭다 하여 당장의 쾌락을 추구한 끝에 자녀들에게 우리가 겪은 고난을 그대로 물려준다면 그것은 부모로서 크나큰 죄를 짓는 일이다. 그리고 억만금을 물려준다 한들 다음 세대가 그리고 후세 사회가 온전하지 못하다면 그 자산이 무슨 의미가 있겠는가. 혁명은 이같이 오늘보다 내일을 위하여 제기하는 '윤리'와도 같은 것이다.

못산다!

괴롭다!

갑갑하다!

이런 어려움을 극복할 수 없는 민족은 언제까지나 남의 무릎 위에서 재롱이나 떨어야 하는 처지를 벗어날 수 없다. 그 대신

피와

땀과

눈물!

이것으로 '민족'이란 싹은 비로소 자라나는 것이다.

이러니 혁명은 강력해질 수밖에 없는 것이다. 적이 누구인지 확실히 알아야 하고, 확고한 이념으로 무장해야 하며, 불굴의 투지와 폭발하는 정열을 행동으로 드러내야 하는 것이다. 민족의 나갈 길에 대한 지혜와 천금 같은 인내, 그리고 조국과 민족에 대한 깊고 넓은 애정 역시 빠져서는 안 되겠다.

우리의 혁명은 이와 같은 사명과 목표 아래 이루어졌으며 또 지금도 진행되고 있다. 본인은 우리의 혁명 과정과 각 민족의 혁명 과정을 비교하면서 노력, 투쟁, 인내 등에 있어 우리가 과연 위대한 결과를 기약할 수 있는 충분한 대가를 지불하고 있는지 늘 반성의 자세로 임하고 있다.

제5장

라인 강의 기적과 불사조 독일 민족

'라인 강의 기적'은 혁명을 겪지 않고 이룩한 서독 특유의 유형이다. 그러나 엄격히 말하자면 전체 국민들이 혁명을 거사한 것이라고도 할 수 있을 것이다. 왜냐하면 그들이 성취한 개혁은 혁명이라는 비상수단을 동원한 이상의 강력한 것이었기 때문이다. 이 기적을 창조한 서독 국민의 재건상은 우리에게 크나큰 참고가 되지 않을 수 없다.

1. 패전국 독일의 처참한 사회상

오, 독일이여. 나의

영원한

애인이여! 나는

너를 생각하면 눈물이

난다.

경망(輕妄)한 프랑스는

나의,

우울, 우울…. 경망한

국민은

나의,

무거운

짐!

독일의 애국시인 하이네의 시 「1839년」에서 뽑은 구절이다.

유유히 흐르는 라인 강은 기독교 문명을 싣고 와 야만족에 불과했던 독일 민족에게 비로소 오늘날 독일의 지성을 일깨워 주었다. 제1차 세계대전, 제2차 세계대전에서 결정타를 입은 이 나라가 세계 최대의 부흥을 이룩한 것은 매우 흥미 있는 일이다. 전 세계로부터 증오와 냉대만 받은, 고도(孤島)나 다름없던 이 나라가 모든 역경을 뚫고 다시 세계 열강의 경제 대열에 합류한 비결은 어디에 있는 것인가.

독일은 제2차 세계대전 후 연합국에게 모든 공장시설을 철거당하고 국외 재산을 빼앗겼으며 영원한 비(非)공업국가라는, 국가의 생리와는 도무지 어울리지 않는 농업국으로 가라는 명령을 받기까지 하였다. '모겐소안(案)'으로 알려진 연합군의 명령은 독일 국민의 일상생활을 지탱할 최저선의 공업 기준으로 1938년의 50~55퍼센트 한도 내의 공업을 허용했을 뿐이다. 제약은 여기에 그치지 않았다. 외국인 재산의 반환, 유대인에 대한 손해배상, 점령 비용의 부담, 석탄의 강제수출, 집중자본의 금지 조치가 있었고, 소련군은 700억 달러 상당의 산업기재를 닥치는 대로 뜯어 갔다. 거기에 연합국에 지불해야 할 막대한 전쟁배상금까지 기다리고 있는 상황이었다. 참으로 이 시기는 하이네의 「1839년」을 100년 만에 재현한 독일의 사회상이었다. 남은 재산이라고는 부서진 벽돌담과 깨지고 이지러진 국토, 굶어 죽어 가는 국민들과 수백만의 핏기 없는 실업자군(群)뿐이었다.

파멸.

파멸.

파멸.

오로지 그뿐이었다. 그것은 마치 제1차 세계대전에서의 파멸이 재현된 것과 다를 것이 없었다.

2. 라인 강의 기적

1960년. 전쟁이 끝나고 15년이 지났다. 이 시기는 라인 강의 기적이 절정에 달한 때이다. 이제 본인은 1960년을 중심으로 그들의 재기 상황을 고찰하고자 한다.

서독은 1960년에 와서 1936년, 그러니까 제2차 세계대전 직전에 비해 279퍼센트의 경제규모를 기록한다. 같은 시기 미국, 프랑스는 변동이 없었고 영국은 오히려 감퇴를 보인 데 비해 이 나라는 무려 3배 가까운 성장을 한 것이다. 수출액은 연간 86억 달러를 돌파하여 미국의 130억 달러에 다음가는 세계 제2위를 차지한다. 국내의 노동력 부족을 메우기 위해 40만 명의 외국인 노동력을 도입하지 않으면 안 되는 환희의 비명에 찬 나라가 된 것이다. 외화는 60억 달러를 보유하여 미국 다음가는 세계 제2위의 달러 보유국이 되어 있었다. 불과 10여 년 전 의식주 문제도 해결하지 못해 휘청거리던 나라가 오늘날에는 13인당 한 대꼴로 자가용을 보유한 낙원으로 등장하였으니 기적이 일어난 것임에 틀림없다.

한편 전승국인 미국은 국내의 불경기, 국제수지의 저하, 달러화 가치의 위기, 금 유출의 위기 등 일련의 경제위기 속에서 딜런 경제담당 국무차관(후에 재무장관)을 서독에 보내 미국의 나토(NATO) 경비 부담

률을 종래 32퍼센트에서 24퍼센트로 인하하고 대신 서독이 종래 14퍼센트에서 22퍼센트로 인상해 줄 것, 미국을 대신하여 후진국 개발원조를 15억 달러 선에서 부담해 줄 것, 그리고 서독에 주둔하는 미국군의 경비를 분담하여 줄 것 등을 요청한다. 이에 대해 당시 에르하르트 부총리는 "이 요청은 미국의 정부예산을 서독 정부에 뒤집어씌우려는 것"이라며 고자세를 취했다. 결국 8억 5천만~9억 200만 달러 선에서 교섭이 마무리되었다. 당시 미국은 위의 세 가지 요구를 반드시 관철시켜야만 하는 상황이었다. 그 방법 말고는 달러화의 위기나 금 유출을 방지할 도리가 없었기 때문이다.

이 교섭의 결과로 서독은 마르크화의 평가절상이라는 이익을 챙겼다. 종래의 대(對) 달러 환율 4.2대 1을 4.0대 1로 인하한 것이다. 이는 참으로 중대한 의의를 가지는 상징적인 사건이다. 제2차 세계대전 후 전 세계는 예외 없이 자국 통화의 달러 대비 절하만을 거듭해 왔는데 패전으로 황폐했던 서독만이 평가를 절상한 것이다. 이는 전후(戰後) 경제사에 특기할 일로, 말하자면 미국이 서독에게 경비를 부담하게 하는 대신 서독 마르크화의 가치를 높여 줌으로서 미국 달러 가치를 보호한 것이 된다. 금석지감(今昔之感)이란 이를 두고 하는 말일 것이다. 국가예산의 절반 이상을 미국에 의존하고 1,300 대 1까지 천정부지로 오르기만 하던 달러화와 내려가기만 하던 한화(韓貨) 가치를 생각하면 이 얼마나 부러운 징표인가. 우리가 말하는 라인 강 기적의 내용이 바로 그것이다.

그러면 그 같은 기적은 어떻게 하여 이루어진 것일까.

3. 라인 강의 기적을 기적이라 불러서는 안 되는 이유

게르만 민족의 기질

먼저 그 민족의 일치단결을 들 수 있을 것이다. 민족 전체가 한 목표를 향해 자발적으로 혼연일치가 되어 이룩한, 말하자면 민족적 역량이 총집약되어 이룩한 것이었다는 얘기다. 정치인들은 심혈을 다해 과학적인 정책과 외교에 진력하였고, 경제인들은 경제부흥이라는 국가 지상과업에 앞장섰으며, 노동자는 허리띠를 졸라매 가며 기계를 벗 삼아 밤을 새웠고, 교수들은 절망하는 국민에게 재기의 정신력을 고취하는 재생의 철학을 일깨웠다. 그뿐인가. 문화인들은 게르만 민족의 불패를 노래함으로써 사기 앙양에 솔선하였고, 민간사회는 민간사회대로 놀고먹는 것을 부도덕하게 여겨 서로 질책하고 격려하는 등 전후 독일 사회는 재기에 모든 역량을 집중했던 것이다.

물론 1948년에 실시한 화폐개혁의 성공이라든지, 미국의 경제원조와 세계시장의 확대, 동독으로부터의 노동력 유입, 노사 간의 원만한 협조 등 우호적인 사유가 없었던 것은 아니다. 그러나 이런 계기를 성공으로 끌고 간 것은 이들의 국민성과 민족적인 우수성을 들지 않고는 설명할 방법이 없다. 그들은 먹을 것을 참았고 입을 것을 아꼈으며 쓸 것을 쓰지 않고 모았다. 내핍과 절약과 저축의 전 국민적 생활화였다.

그들의 사생활은 어떠하였는가. 내일 결혼하는 사이일지라도 그들은 찻값을 따로따로 치렀다. 관광이나 여행에서도 이들은 독일 차를 이용하고 독일의 빵을 싸 가지고 다녔다. 여행지에 버리고 가는 것이라고는 휴지와 용변뿐이었다니, 관광으로 먹고사는 스위스나 이탈리아 사람들로서는 괘씸한 관광객이 아닐 수 없겠다.

또한 독일 민족처럼 질서를 잘 지키고 직업을 신성시하는 국민도 없을 것이다. 질서가 얼마나 철저하게 지켜지고 있는지는 학원에서도 찾아볼 수 있다. 독일의 경우 교수는 왕이요, 학생은 신하에 비할 수 있다. 자유롭다는 학원의 질서가 이 정도니 다른 부문은 더 말할 필요도 없을 것이다. 미국의 사고방식은 계급 이전에 먼저 사람이 있다. 그러나 독일인은 학생이요, 하사관이요, 팀원이요 하기 전에 조직이 먼저다. 그렇다고 그 사회에 민주주의가 없고 자유가 제약되는 것은 아니다. 이러한 국가관이나 사회의 윤리, 철학은 유전되어 오는 게르만 민족의 신앙이라고도 할 수 있다. 참으로 기특하고 명석한 '분별 있는 민족성'이다.

그리고 '물려받아서 펴고, 펴서 물려주는 기풍'의 게르만 정신은 고유한 전통으로 이어져 오늘에 이르고 있다. 조부 때 못 한 것을 아버지 대에 이룩하고, 아버지 대에 못 한 것은 자손 대에서 기필코 성취시키고야 마는 것이다. 이러한 전통은 곧 전 독일 국민을 과학 하고 연구하는 성격으로 만들었고, 나아가 한 사람 한 사람을 그 분야의 전문가나 숙련공의 지위에 올렸던 것이다. 아무리 전쟁에 졌다 해도 기술이나 지식은 빼앗아 갈 수도 없거니와 나라 역시 멸망하지도 않는 것이다.

독일은 이렇게 풍부하고 우수한 인적 자원을 가지고 있었다. 따라서 직업에 대한 관념도 지극히 실질적이고 투철하다. 영어가 뜻하는 '돈과 노동의 교환'과 달리 독일어에서 직업(Beruf)이란 말의 의미는 '부름을 받았다'는 뜻으로 되어 있다. '프랑스인은 먹기 위하여 일하고, 독일인은 일하기 위하여 먹는다'는 비유도 여기에서 온 것이다.

부흥의 원동력이 된 이러한 국민성 이외에 또 하나의 큰 요인으로, 좋은 지도자가 있었다는 사실을 꼽을 수 있겠다. 이 지도자는 권력을 장악하려는 속된 욕심이 없었다. 관심사는 국민에 대한 봉사와 국가의 발전, 오직 그뿐이었다. 경쟁자들도 보다 나은 정책 개발에 열중하고 개인의 인기 이전에 자기 정당의 안정을 위해 노력했다. 스스로 감당 못할 일은 일체 공약하지 않았으며 국민에게 강요도 하지 않았다. 그들은 말을 먼저 하지 않았고 행동이나 실천이 있고 난 다음에 비로소 그것에 대해 설명했다. 전후 그 같은 기적이 일어난 것도 결국은 지도자의 힘이라 해도 과언이 아니다. 아무리 우수한 민족성을 지닌 국민이라 해도 이를 지도하고 운용하는 것은 결국 지도자의 여하에 달려 있기 때문이다. 방향의 지시 없는 전진은 있을 수 없지 않은가. 아데나워 총리와 그의 각료들은 전후 세계가 점차 공산주의로 기울자 실속 없는 반공 구호보다 훨씬 현실적이고 효과적인 방안인 경제안정을 대책으로 내세웠다. 전후의 난국에서도 독일에는 좋은 지도자가 있었던 것이다.

4. 독일에서 우리는 무엇을 배울 것인가

1946년에서 1956년까지 서독이 미국으로부터 받은 총 원조액은 100억 달러에 달한다. 아데나워는 이 중에서 63억 5,500만 달러를 경제부흥에, 35억 800만 달러를 서베를린에 각각 투입하였다. 서베를린에 그와 같은 거액을 들인 것은 공산 동독에 서독의 위력을 과시하기 위해서였다.

서독이 미국으로부터 받아 온 원조액은 이것만이 아니다. 1946년 이전의 것을 가산하면 매년 평균 10억 달러에 상당하는 액수인데, 이를 서독 인구 5,200만 명으로 나누면 1인당 20달러에 해당하는 것으로 결코 적지 않은 금액이다. 정치란 별것이 아니다. 떠들고 싸우고 높은 자리에 앉아 족보에 벼슬의 이름을 남기는 것이 아니라, 봉사하는 기간 중에 땀 흘리고 단 한 푼의 돈이라도 벌어들이고 잘 입히고 잘 먹게 하는 것 이외 아무것도 아닌 것이다.

이와 같이 막대한 미국의 원조를 받아 경제부흥을 이룩한 아데나워 앞에 또 하나의 좋은 기회가 있었다. 우리의 6·25전쟁이다(우리는 이래저래 남 좋은 일에 이용만 되었다). 아데나워는 이 동방의 비극을 자기들의 조국과 민족을 위하는 데 최대한 활용하였다.

2차대전 후 미·영·프 등 서구 국가들은 전시산업을 평화산업으로 전환한다. 그러나 6·25전쟁의 수습을 위해서는 평화산업을 일시 중단하고 군수공업을 재정비하지 않을 수 없었다. 이렇게 세계에는 경제의 공백기가 찾아오고 도처에 수요 부족이었다. 서독이 이 기회를 놓칠 리 없었다. 그들은 이 공백기를 재치 있게 포착하고 활용했다. 그들은 이집트, 인도, 말레이시아, 태국, 인도네시아 등 세계시장의 구석구석까지 파고들어 갔다. 그리고 건실한 상품을 비교적 저렴하게 세계시장에 내보냈다. 이것은 대성공이었다. 미·영·프가 6·25전쟁 이후 평화산업으로 다시 복귀한 후에도 이 시장은 조금의 흔들림이 없을 만큼 확고부동한 것이었다.

아데나워는 서구의 위기를 최대한 이용하면서 서독의 역할을 강조하여 마침내 여러 방면에서 연합국의 인정을 받게 된다. 제2차 세계대전의 패배가 가져온 모든 쇠사슬과 굴욕에서 벗어나 발언권 있는 독일로 다시 등장한 것이다. 1955년 5월 5일의 나토 가입은 그 사실을 단적으로 말해 준다. 1960년대에 와서 이미 12개 사단의 상비군을 가진 국가가 되었고, 1957년 4월에는 나토의 심장부라 할 수 있는 중부유럽 지상군 사령관에 독일인인 한스 슈파이발 장군을 보낼 수 있을 정도로 발전하였다. 놀라운 전환이라 하지 않을 수 없다. 어제의 패전국이 오늘은 전승국의 군대를 지휘하게 되었으니 말이다. 독일은 제1차 세계대전에서도 그랬던 것처럼 언제나 10년 후에는 다시 재기에 성공하였다.

'위대한 독일', 이는 참으로 전 세계인이 주목하는 대상이다. "천재란 노력의 결정"이라는 격언을 남긴 괴테의 나라에 합당한 국민성이라 할 것이다.

우리는 흔히 라인 강의 기적을 기적으로만 보려고 한다. 그러나 이 기적은 괴테의 격언처럼 '노력의 결정'이었다. 조국과 민족과 그리고 독일 역사 앞에 한 치 부끄러움 없는 노력! 그것은 이 나라 사람들이 자기의 능력을 다함으로 성취된 환희요, 감격이요, 더할 수 없이 높은 예술이라 하겠다. 아니 땐 굴뚝에 연기가 날 리 없다. 세상에는 공짜가 없고 불로소득이란 절대 있을 수 없는 것이다.

우리는 무엇을 해야 할 것인가

해방된 지 20년이 다 돼 가는데 우리는 출발선에서 별로 전진한 바가 없다. 아니, 시간의 흐름만 놓고 보면 오히려 뒷걸음치고 있는 것이나 다름없다. 행복을 만끽하는 일본이라는 앞집을 부럽게 쳐다보고, 기적을 달성한 이웃 동네 서독을 보면서, 우리는 무엇을 느끼고 무엇을 결의해야 하는가. 대체 언제까지 이렇게 앉아만 있을 것인가.

'일어서자!'

그 나라 사람들처럼 부지런하고 싸움하지 말고 노력하는 국민으로 행동하자. 그 길만이 사는 길이다. 남이 잘사는 비법을 다만 지식으로 삼는다거나 감상만 한다면 그 얼마나 바보 같고 어리석은 노릇이랴.

제6장

한·미, 한·일 관계

1. 혈맹국가 한국과 미국이 가야 할 길

오늘날 한국의 현실은 미국을 떠나서는 논의 자체가 어려운 것이 사실이다. 1945년 8월 15일 이후 오늘까지 한국 국민들은 한시라도 이를 잊어 본 적이 없다. 민주주의라는 사상체계의 공유나 6·25전쟁을 통해 혈맹(血盟)으로 맺어진 공동의 운명 그리고 군사, 경제적인 면 등 우리는 미국을 떼어 놓고는 현실을 논하기 어렵다. 뿐만 아니라 우리의 분단 역시 미국을 비롯한 전승국들의 사후조치에서 비롯되었으며 이 엄청난 비극을 걷어 줄 책임의 일부 역시 미국에 있다는 점을 생각할 때, 한국과 미국 사이의 긴밀한 거리는 새삼 강조할 필요가 없겠다.

앞서 본인은 미국의 원조정책에 대해 얼마간의 비판과 분석을 가한 바 있다. 물론 그러한 비판이 양국의 우의나 그들의 원조 정신 자체를 훼손하려는 뜻이 아님은 여러 차례 강조한 바 있다. 이 점 국민 여러분께 다시 한 번 말씀 드린다. 해방 직후부터 받은 각종 긴급구제원조와 그 후 6·25전쟁에 소요된 수십억 달러의 전쟁수행비를 제외하고도 미국은 1962년까지 7개년간 대략 20억 달러의 경제원조와 15억 달러의 군사원조 등 도합 35억 달러라는 거액을 이 땅에 투자했다. 우리는 이것으로 정부의 예산을 편성할 수 있었고 그로 인해 경제시설에 도움이 된 것도 사실이다.

본인이 말하고자 하는 바는 이러한 미국 원조의 효과적인 개선을 통해 양국 간 실효를 촉구하려는 데 있다. 이런 것들이 전제되지 않고는 주는 쪽이나 받는 쪽이나 하등 도움이 되지 않기 때문이다. 건전한 비판은 긴 안목으로 보아 양국 간의 이익을 도모하는 것이다. 그렇다고 세세한 것까지 파고들어 불만이나 짜증을 내는 일은 삼가야 할 것이다. 그것은 예의 면에서도 그렇고 상대편의 계획에 차질을 줄 수도 있다.

본인은 이 기회를 빌려 미국에 대해 몇 가지 의견을 말하고자 한다. 이것은 한·미 양국의 우호 증진을 위해서라도 반드시 한번은 논의하여야 할 성질의 것으로. 혼자서 가슴에만 품고 있을 이유가 없다. 설사 미국이 불편하게 여기더라도 어차피 우리가 알려야 하고, 미국이 알아야 할 문제라면 그 시기는 빠를수록 좋은 것이다.

우리는 미국을 좋아한다. 자유민주주의의 제도가 그렇고, 우리를 해방시켜 준 것이 그렇고, 공산 침략으로부터 우리를 방위해 준 것도 그렇고, 경제원조를 해 주어서 그렇다. 그러나 우리가 미국을 좋아하는 진짜 이유는 그와 같은 은혜를 베풀었으면서도 우리를 부려 먹거나 뭔가를 강요하려 들지 않았기 때문이다. 만약 부당한 간섭이나 기미가 엿보였다면 우리의 태도는 지금과는 상당히 달랐을 것이다(이런 점에서 한국인의 신경은 참으로 예민하다. 우리는 몹시 까다롭고 고개 숙이기를 좋아하지 않는다). 미국은 그같이 우리에게 은혜로운 상대다.

그렇다고 우리에게 할 말이 없는 것은 아니다. 미국이 한국을 위하여 싸워 주고 도와주는 것은 백 번 고맙지만, 이러한 결과, 즉 미국이 원조를 하지 않을 수 없는 궁극적인 이유는 국토의 분단 때문이다. 물론 미국의 단독행위가 아닌 것을 모르는 바는 아니나, 적어도 그 일단의 책임이 그 사람들에게 있는 것만은 사실이다. 이 분단은 독일이나 베트남의 경우와는 그 성질이 다르다. 패전국 독일로서는 불가피한 일이었고, 베트남의 경우는 내란의 산물이니 그렇다 치더라도, 우리는 일본에 시달렸고 또한 임시정부가 연합국 편에 서서 싸웠던 엄연한 교전국 아니었던가. 그런데도 분단이라니, 아무리 생각해도 참으로 억울한 일이 아닐 수 없다.

또한 우리는 6·25전쟁을 잊을 수 없다. 이것 역시 분단의 씨가 뿌려진 끝에 벌어진 일이기 때문이다. 이 전쟁은 단순히 한국의 방위만을 목적으로 치러진 것이 아니다. 그것은 미국을 비롯한 자유진영의 평화와 태평양지구 방위정책에 직결되는 문제였다는 것은 앞에서도 지적한 바 있다. 만약 6·25전쟁에서 우리가 패했다고 가정해 보자. 그랬더라면 공산권의 망동은 어김없이 전 아시아 그리고 전 세계에 전쟁의 불씨를 던졌을 것이다. 그래서 일본이 위태로워졌을 것은 물론이요, 소련의 잠수함은 오키나와 기지를 위협하였을 것이다. 그렇게 되면 미국의 서부 방위선은 사실상 샌프란시스코 연안으로 후퇴하게 되었을 것이다.

이상을 요약하면, 한·미 양국 간의 관계는 다 그럴 만한 이유가 있었기 때문에 오늘에 이른 것이다. 이런 사실을 기본으로 본인은 다시 몇 가지 소신을 밝히고자 한다.

첫째, 미국은 서구식 민주주의가 한국의 실정에는 맞지 않는다는 것을 이해해야 한다는 것이다. 백 번을 양보해서 한 민족, 한 국가가 현대 자본주의 제도를 받아들일 수 있는 모든 여건을 갖추었다 하더라도, 그 사회에 고유한 전통과 문화가 있고 자주국가인 이상 무조건 동화될 수는 없다. 하물며 경제적으로 정치적으로, 사회 전반이 균형 잡히지 못한 우리 현실에서 그 제도의 실현을 기대한다는 것은 무리인 것이다. 그것은 마치 연륜을 무시하고 아이가 하루아침에 성인이 되기를 바라는 어리석은 어버이와 같다. 그리고 그러한 과정을 거치지 않을 때 오히려 부작용만 초래하는 결과를 가져올 것이다.

둘째, 경제원조의 의욕은 고맙지만 그렇다고 이를 통해 한국 사회의 일률적인 미국화를 기대해서는 안 된다는 것이다. 자유라는 이상과 미국의 경제적인 원조를 밑거름으로 한국 고유의 주체성, 확고한 자아의식이 확립되고 그 위에 자율적인 사회가 만들어질 때 비로소 한국에 대한 미국의 참된 희망이 성취되는 것이요, 또한 대한민국이 외적과 대결할 수 있는 견고한 방파제가 될 수 있을 것이다.

셋째, 이왕에 줄 바에는 우리의 뜻에 맞도록 해 달라는 것이다. 물론 미국의 경제시책에 대한 실력을 못 미더워 하는 것은 아니다. 그러나 앞에서도 언급한 대로, 당장 먹고 입고 하는 차원이 아니라 장차 살아 나갈 기틀을 잡기 위해 사용되어야 한다는 얘기다. 우리는 달콤한 사탕보다 한 장의 벽돌을 원한다. 지금 우리의 관심은 오직 경제재건 하나뿐이다. 우리는 이 과업의 수행을 위해 온갖 고통을 다 감내하고 있다. 미국은 이번 기회에 과감하고도 대폭적인 원조를 함과 동시에 그 정책을 근본적으로 개선해야 할 때라고 본인은 생각한다.

현재 우리 국민은 무엇보다도 정국의 안정과 확고한 정치적 지도력의 확립을 요청하고 있다. 시비와 혼란이 아닌 조용한 토론, 말 없는 실천, 그리고 의욕에 찬 건설을 국민은 요청하고 있다. 우리는 미국인들의 과감한 서부개척 정신과 케네디 대통령의 뉴프론티어 정책을 존경한다. 그 정신, 그 정책을 한국에서 실천해야 할 시기가 바로 지금이라고 본인은 믿고 또 기대하고 있다.

허술한 반공의 기치나 구호는 한물간 지 오래다. 공산주의를 이기는 지름길은 '피와 땀과 눈물'로만 자라는 '경제의 재건'에 있는 것이다. 이는 오래전에 이미 서독의 아데나워가 생생한 증거로 보여준 바 있다. 이에 대한 미국의 더 깊고 폭넓은 이해와 관심을 기대해 본다.

2. 일본의 성의 있는 자세와 태도를 바란다

한국과 일본의 국교 재개는 해방 이후 10여 년간 묵혀 놓았던 숙제였다. 그러나 이제 한·일 국교정상화는 피차의 이익이나 태평양을 둘러싼 국제정세의 급박한 추이 등으로 더 이상 끌 수 없는, 해결을 지어야 할 단계에 서 있다. 그렇다고 안팎의 조건을 이유로 무작정 일본의 과거 소행을 묵과하고 가겠다는 의미는 아니다. 설사 우리가 재산 상 주장하는 모든 것이 관철된다고 하더라도 수십 년간 입어 온 정신적인 타격이 하루아침에 가실 리는 없는 것 아닌가.

본인이 여기서 명확히 하고 싶은 것은, 일본이 완전한 자유세계의 일원으로, 진심으로 회개하고 당면한 내외 정세와 관련하여 한국에 협조한다면 불유쾌한 과거의 상처는 재론하지 않겠다는 것이다. 그러나 유감스럽게도 일본은 해방 이후 단 한 마디도 과거의 죄악에 대해 사과한 바가 없다. 더구나 우리가 청구하는 최소한의 조건마저 회피하는 것을 보면 문제 해결에 대한 성의가 손톱만큼이라도 있는 것인지 의심하게 된다. 재일교포의 법적 지위, 평화선, 어로협정 등이 그렇고 재산청구권과 관련하여 특히 그렇다. 재산청구권이란 샌프란시스코조약에 의한, 해방과 동시에 우리에게 귀속되어야 할, 일본인들이 제멋대로 앗아간

우리의 재산을 돌려달라는 것이다. 즉,

1. 일제 하에 강제징병, 또는 징용이란 명목으로 일본 제국주의의 침략전쟁에 희생된 한국 국민에 대한 보상
2. 한국인이 소유하고 있던 일본 정부 발행의 국채, 저금의 상환
3. 일본인이 한국 은행에서 반출하여 간 금괴와, 해방 당시 소각한 한국 은행 소유 일본은행권과, 일본에 있는 한국 은행 재산의 반환
4. 한국인이 소유하고 있는 일본 법인체의 주식, 기타 유가증권의 상환
5. 한국인 선박의 반환
6. 수천 점의 문화재, 국보의 반환

등이 그 중요한 내용이다.

우선 금괴와 선박에 대하여 살펴보자. 해방 직전 그들은 당시 평가가격 15억 원 상당의 금괴를 비밀리에 옮겨 갔다. 그때 15억 원은 해방 직후의 7 대 1 환율로 보면 2억 달러에 해당되는 거액이다. 선박은 해방 당시 한국 연안에 있었던 것이 그 청구 대상으로 우리의 청구 톤수는 16만 톤이다. 이 두 가지만 보더라도 우리의 경제사정에 얼마나 유익한 청구권인가를 쉽게 알 수 있다.

이와 같이 우리가 청구하는 내역은 단지 우리의 재산을 돌려달라는 것일 뿐, 36년간 강제점령에서 빼앗긴 것을 되돌려 달라는 요구는 한 푼도 포함되어 있지 않은 것이다. 베트남 정부에 대해서는 7천만 달러

의 점령배상금을 지불하면서도 우리의 정당한 재산 청구에는 끝내 무성의로 일관하니 도대체 이해가 안 가는 일본의 심보다. 그럼에도 우리는 그간 대승적인 차원에서 이 회담의 조속한 타결을 위해 노력해 왔다. 그러나 말한 대로 그들의 성의는 언제나 입 언저리에서 맴돌았을 뿐이다.

그러나 양국이 이렇게 내내 서로 강을 사이에 두고 떨어져서 살아갈 수는 없는 일 아닌가. 자유 태평양을 보전하기 위해, 그리고 아시아 10억 인구의 내일을 위해 서로간 등을 지고 살 수는 없는 일이다. 유럽공동시장(EEC)을 통한 유럽통합운동, 카사블랑카헌장을 기초로 한 아프리카 통일의 움직임, 아랍 세계의 통합운동, 그리고 최근에는 동남아시아 영국 식민지들을 연방으로 통합한 말레이시아의 탄생 등 세계의 재편은 각 나라들로 하여금 더 이상 고립과 대립으로는 살아갈 수 없게 만들었다. 흔히 한·일 양국 관계가 흡사 지난날의 독일과 프랑스의 관계를 닮았다 하는 이가 있으나, 본인은 그렇게 생각하지 않는다. 왜냐하면 우리는 아직도 일본의 보다 적극적인 성의를 기대할 수 있다고 생각하기 때문이다.

제7장

조국은 통일될 것인가

우리의 최대 소원은 두말 할 것 없이 조국의 통일이다. 이 땅에 선조의 뼈를 묻으며 단일민족으로 5천 년을 살아 온 이 나라 백의(白衣) 동포들. 그러나 날이 갈수록 우리는 조금씩 더 멀어지고 있다. 이러다가는 국토의 양단이 아니라 종국에는 민족의 분단이 될까 봐 한없이 두렵기만 하다.

1. 민족의 비극 38선

1943년 12월 1일, 이집트의 카이로에서 미·영·중의 3개국 거두 회담이 열렸던 사실은 국민 여러분도 잘 아는 일이다. 이 '카이로회담'에서 결정된 한국의 자주독립은 이후 1945년 7월 17일부터 8월 2일까지 열린 포츠담회담에서도 승인되었다.

그러나 해방 후 미국과 소련의 한반도 분할점령에 따라 국토분단의 1차 조짐을 보였다. 소련은 북한을 강점하고 미군은 남한에 계속 주둔하는 가운데 한반도 남쪽과 북쪽에 각각의 정부가 들어섰다.

지금 와서 이 같은 슬픈 운명을 새삼스레 들먹이고 싶지는 않다. 그리고 외세에 의한 타율적 통일은 실속 없는 헛된 말에 불과하다는 것 또한 모르지 않는다. 그러나 언젠가 통일은 반드시 이루어지고 말 것을 우리는 믿고 있다. 우리의 혈맥 속에 약동하는 민족적인 감정이 사라지지 않는 한 우리는 조국과 민족을 늘 염두에 두고 살기 때문이다. 독립된 해에 태어나 국토와 민족의 한쪽만을 경험해 본 해방둥이라도 그들은 틀림없이 조국의 통일을 유언으로 남길 것이다. 또한 이들만큼 통일을 희구하는 세대도 없을 것이다. 이렇게 우리의 통일 열망은 해가 갈수록 젊어질 것이다.

그러므로 우리는 절망할 필요 없다. 우리 당대에서 못 이루면 아들 대에서, 아들 대에서 불가능하면 손자 대에서 우리의 염원은 틀림없이 이루어질 것이기 때문이다.

그렇다고 우리는 이 일을 마냥 내일로만 미루어 놓아서는 안 된다. 통일에 대한 끊임없는 연구와 방안의 모색은 계속 이루어지고 장려되어야 할 것이다.

2. 분단에 몸부림친 18년

해방이 되면 바로 독립이 실현될 줄 알았다. 그러나 1945년 12월 하순의 모스크바삼상회의(三相會議)에서 결정된 '미·영·소·중의 신탁통치' 안이 발표되었고, 그 즉시 국민들의 분노와 감정이 폭발했다. 이들 4개국은 미·소공동위원회를 강행하려 했지만 한반도 전 민중의 반대에 부딪혔고, 소련이 미·소 양국의 동시 철군을 제안하는 가운데 미국은 한반도 문제를 유엔(국제연합)에 넘겨 버린다. '유엔 한국임시위원단을 파견하여 자유총선거를 실시할 것'을 제의하고 압도적 찬성으로 결의를 본 것이다.

그러나 북한의 반대로 결국 유엔 감시 하 남한만의 총선거로써 1948년 8월 15일 대한민국이 수립되고, 유엔은 '대한민국이 한반도에서 유일한 합법정부'임을 승인한다. 소련은 소련대로 1948년 9월 9일 북한에 최고인민위원회를 소집하여 그 결의로써 소위 '조선민주주의인민공화국'을 수립한다. 물론 1946년 2월 이미 북조선임시인민위원회라는 사실상의 국가조직을 만들었으니 절차와 형식만 추후에 밟은 셈이다. 이렇게 해서 포츠담선언 당시 '일본군 무장해제'란 명목으로 일시 그어졌던 38선이 영원히 국경으로 굳어져 버린 것이다.

1950년 6월 25일, 남한을 강점하려는 공산 도당(徒黨)이 대대적인 남침을 개시한다. 준비와 군비가 없던 우리는 대책 없이 밀려 내려갈 수밖에 없었다. 그러나 이 침략 사태는 한국의 국내 문제에만 국한되는 것이 아니었다. 이를 세계평화에 대한 정면공격으로 간주한 미국을 비롯한 자유진영은 때를 놓치지 않고 그 즉시 유엔 안전보장이사회를 소집하여 남한에 침입한 북한군의 철군을 요구한다. 그러나 야욕에 눈과 귀가 먼 북한군이 이를 받아들일 리가 없었다. 그리하여 7월 7일 역사상 처음으로 유엔군이 조직되고 한국 출병이 결행되었다. 더글러스 맥아더 장군을 총사령관으로 하는 유엔군은 적을 몰아쳐 북한 전역을 해방시켰으나, 11월 2일 중공 침략군의 인해전술로 절호의 통일 기회는 무산되고 말았다. 전쟁은 결국 휴전으로 끝났다. 1953년 7월 27일, 민족의 한을 남긴 채 휴전협정이 맺어지고 만 것이다.

그러나 한국의 통일 문제에 대한 국제사회의 관심은 점점 고조되어 갔다. 1954년 5월 22일, 제네바회담에 참가한 우리 대표는 '한국 통일 14개 항목'을 제의하여 16개국의 찬성을 얻었으나 공산 측의 거부로 실패한다.

"통일·독립·민주 한국의 수립을 위하여 유엔 감시 하에 진정한 자유선거를 실시하며, 이와 같이 하여 선출된 국회의원은 한국의 인구에 비례하여 대표된다"는 통일안은 1954년 12월 11일 유엔 총회에서 승인되고 그 후 1955, 1956, 1957, 1958, 1959년에도 계속 같은 안으로 추인되었다. 대한민국과 유엔의 이 같은 움직임에 대해 북한 도당들은 마지못해 소위 '통일방안'을 제시하는데, 이것이 곧 '외국군 철수 후 자율적인 평화통일론'이다.

그로부터 오늘에 이르기까지 양측의 통일 방안은 상당한 변화를 가져온 것이 사실이다. 제16차, 17차 유엔 총회에서 몽골이 제안한 남북한 대표 동시 초청에 대해, 그때까지 '무조건 참석 반대'를 견지하던 자유진영이 '유엔의 권능과 권위를 수락'하는 것을 조건으로 북한을 동시 초청하자는 태국, 그리스의 공동제안을 지지한 것이다. 이는 이전 총회에 비해 180도의 전환을 가져온 것으로, 그만큼 한 해 사이에 세계질서의 변동이 많아졌다는 것을 직·간접적으로 보여 주는 것이다. 이는 아시아·아프리카를 연결하는 40여 개국 아·아(亞阿) 세력이 국제외교에 진출함으로써 동·서 양 진영의 중간에 제3의 세력을 형성하고 그 여파가 한국의 통일 문제에까지 반영되었다는 것으로 해석해도 과히 어긋남이 없을 것이다.

3. 통일을 위한 우리의 각오

통일을 둘러싼 이러한 유엔의 동향에서 우리는 무엇을 느끼고 또 무엇을 결심해야 할 것인가.

첫째, 한국통일 문제에 관한 유엔의 동태는 유동적일 뿐만 아니라 근자에 와서는 상당한 격동을 일으키고 있다는 것이다.

즉, 미국을 비롯한 서방 측은 제15차 유엔 총회를 기점으로 하여 두 가지 면에서 중대한 변화를 보이고 있다. 그 하나는 미국, 캐나다 등을 중심으로 하는 자유진영이 10년간의 지론인 '유엔 감시 하의 총선거'를 지양하고 새로이 '국제 감시 하의 총선거' 안을 진지하게 검토하게 되었다는 것이다. 또 다른 하나는 북한 초청 안을 정면으로 거부하는 대신, 절차법을 통하여 이를 저지하는 전략으로 전환하게 되었다는 것이다.

이러한 변화는 자유진영이 자진해서 취한 것이 아니라 어디까지나 국제정세의 양상 변화에서 비롯된 것이라 보는 것이 타당할 것이다. 제2차 세계대전 후에 수많은 민족이 해방되고 독립과 자치를 얻었다. 그리고 이 수많은 신생국가들이 제3의 세력으로 대두하고 있다. 한편 우주과학의 발달로 점차 전쟁무용(無用)론이 현실화되어 가고 이는 소련과 중공의 이념투쟁으로 발전했다. 여기에 동·서가 전쟁을 피하고 평화 공존으로 나아가려는 움직임도 보인다.

여기서 우리가 기억할 것은, 한국의 분단이 19년 전 불과 세 나라 강대국의 비밀회담에서 결정되었다는 사실이다. 한 국가의 운명이 이처럼 몇 나라의 기분으로 망쳐질 수 있는 문제일까? 이런 억울한 일들을 다시 겪지 않기 위해서라도 우리는 국제외교에 성실하게 임하는 것은 물론, 전반적인 국제정세에도 민감하고 정확한 관찰을 게을리해서는 안 된다. 결코 무시할 수 없는 중립진영 제3세계에도 부단한 관심을 쏟아야 한다는 얘기다. 혁명정부가 과거의 낡아 빠진 외교에서 탈피하여 중립진영, 특히 아시아·아프리카 블록에 관심을 가진 까닭도 그런 이유에서였다.

둘째, 우리는 언제 어떤 사태가 예상치 못한 형태로 제기된다 하더라도 흔들리지 않고 즉각적으로 대처할 수 있는 견고한 체제 확립에 주력하지 않으면 안 된다.

정치·경제·사회·문화가 안정되어 신흥 실력국가로 우뚝 선다는 것은 더 바랄 것 없는 통일에의 확실한 방책이라 할 수 있겠다. 혼란한 정국과 경제적 파탄 상황에서 불시에 통일이라는 현실에 직면하게 되면 우리는 무엇을 할 수 있을까.

본인이 혁명의 결실을 절실히 희구하는 까닭도 여기에 있다. 우리는 항상 이러한 긴장을 풀어서는 안 될 것이다. 정국의 안정, 새로운 사회의 질서 확립, 그리고 민족의 총력을 경제건설에 집중하여 실력으로써 공산주의를 이길 수 있는 강고한 터전을 마련하지 않으면 안 된다.

셋째, 본인은 통일에 대한 국민의 부단한 관심을 강조하는 바이다.

해방 후 19년간은 정작 해야 할 건설은 밀어 둔 채 허망한 자유 추구와 정쟁만을 일삼은 공백기라 할 수 있다. 그사이 경박한 외국 풍조가 이 땅을 휩쓸었고, 극심한 불안으로 인해 국가관념과 주체의식이 사라져 버렸으며, 기어이 민족정기는 쇠퇴 일로에 있지 않았던가.

조국의 통일 문제는 자나 깨나 잊을 수 없는 일이다. 우리 민족이 기어이 이룩해야 할 중흥창업(中興創業)은 갈라진 국토와 분리된 동포가 함께 뭉쳐 통일될 때 비로소 완성을 기약할 수 있을 것이다.

제8장

우리는 무엇을 어떻게 할 것인가

1. 5천 년 역사를 새롭게 쓰자

사람의 고귀한 점은 문화의 창조와 진보에 있다. 문화의 창조와 진보는 자기의 과거를 회고하고 반성하고 비판하려는 데서 생기는 것이다. 사람의 생활에는 원래 과오와 결점이 많다. 그러나 과오를 과오로, 결점을 결점으로 알아 다시는 그것을 되풀이하지 않고 자기의 현실을 보다 나은 상태로 개선 향상하려는 데서 진보 발달이 생긴다. 여기서 위대한 문화가 발생하는 것이다. 즉, 인류는 역사를 갖고 역사를 토대로 삼아 자기보전, 자기발전, 자기완성의 길에 매진하는 것이다.

이병도가 쓴 『국사대관(國史大觀)』의 서두에 나오는 말이다. 더하고 뺄 말이 없다. 역사를 정돈하고 위대한 새 역사를 창조하기 위해서는 정신적인 새로운 터전을 마련해야 한다는 얘기다.

1) 퇴영과 조잡과 침체의 망국사

한 무제(漢武帝)가 침략한 고조선시대에서부터 고구려·신라·백제의 삼국 정립 시대, 그리고 신라의 통일 시대를 거쳐 후백제·후고구려·

신라의 후삼국시대, 그리고 다시 통일 고려시대에서 조선조 500년에 이르는 우리의 반만년 역사는 한마디로 말해서 퇴영(退嬰)과 조잡과 침체의 연쇄사였다. 그 어느 시대에 변경을 넘어 타국을 지배하였으며, 그 어느 시기에 해외의 문물을 널리 구해 사회의 개혁을 시도한 적이 있었으며, 또 그 어떤 시대에 민족국가의 위세를 밖으로 과시하고 산업과 문화로써 독자적인 자주성을 떨친 바가 있었던가. 없었다. 단 한 번도 없었다. 언제나 강대국에 밀리고 치여 외래문화에 맹목적으로 동화되었고, 원시적인 산업의 범위를 단 한 번도 벗어난 적이 없었으며, 전쟁이래야 겨우 동족상잔에다 구태와 나태에 무사안일주의로 찌들었던 우리 역사는 어린아이처럼 유치한 봉건사회의 축소판에 불과했다.

이제 그와 같은 우리의 역사를 차분히 해부해 보기로 하자. 이는 어디까지나 우리의 과거를 회고하고 반성하고 비판함으로써 새로운 문화와 진보를 이룩하려는 데 있는 것이지, 자학(自虐)을 위한 핑계를 삼자는 것이 아님은 다시 강조할 필요가 없겠다.

첫째, 우리의 역사는 자초지종도 모르는 채 남에게 밀리고 거기에 기대 살아온 역사다.

고조선시대 한 무제의 침략을 받아 낙랑·진번·임둔·현도의 4군(郡)이 설치된 이래 삼국시대 수·당의 침략, 고려 때의 거란·몽골·왜구의 침입과 조선조 임진왜란, 병자호란을 거쳐 그 뒤 일본의 단독 침탈로 마침내 대한제국이 종말을 고할 때까지, 이 나라의 역사는 외세의 강압과 정복의 반복으로 생활이 아닌 '생존'의 나날을 이어 왔을 뿐이다. 그리고 이러한 침략은 반도라는 지역적인 운명이나 우리의 힘이 부족해서가 아니라 대부분 우리가 자초한 것들이다. 또한 외세의 침략에 대해 우리가 일치하여 대항한 적이 아예 없었던 것은 아니나, 때마다 적과 내통하고 부동(附同)하는 무리를 볼 수 있었다. 스스로를 약자로 내려앉히고 상대를 필요 이상으로 강하게 여기는 비겁하고도 사대(事大)적인 사상, 이 고질적이고 한심한 유산을 벗어던지지 않고서는 자주나 발전을 기대할 수 없을 것이다.

둘째, 우리의 당파싸움에 관한 것이다. 이것은 세계사적으로도 예외적일 만큼 소아병적이고 추잡한 것이다.

중세까지 우리의 선조들은 비교적 활달하고 남성적인 기질이 있었으나 조선조에 들어오면서 점차 그 기상은 자취를 감추게 되었다. 불교에서 유교로 문물제도가 바뀜에 따라 유교가 급격하게 민족의 자주적인 기개를 좀먹었다. 당쟁, 파쟁이 참으로 사소한 일에서 시작되어 확산되고 세분된 일은 역사를 통해 우리가 이미 알고 있는 바다.

심의겸(沈義謙)과 김효원(金孝元)의 대립이 '동인, 서인'으로 발전

동인은 다시 '남인, 북인'으로, 북인은 다시 '대북, 소북'으로

대북이 다시 '육북(肉北), 골북(骨北)'으로, 소북은 별도로 '청소북(淸小北), 탁소북(濁小北)'으로

남인은 '청남(淸南), 탁남(濁南)'으로, 서인은 '청남(淸南), 훈남(勳南), 소남(少南), 노남(老南)'으로 분열

'노론(老論), 소론(少論)'의 당파가 일어나고, 소론은 다시 '벽파(僻派), 시파(時派)'로

참으로 어떤 계보가 어떻게 이어졌는지 현기증이 날 지경이다. 그렇게 패를 나눠 싸우는 동안 이후의 역사는 어떻게 굴러왔는가. 그것은 더 이상 설명이 필요 없는 것이겠다. 조선은 이 당파싸움으로 날이 새고 지다가 결국 망국의 비운을 맛보게 된 것이다.

창자를 움켜쥐고 달려들었던 이 고약한 유전자를 우리는 이제 거부할 때도 되지 않았는가. 소(小) 영웅주의적이고 어린애 같은 고질병을 청산하지 않고서는 결코 다른 사람을 포용하는 도량을 갖출 수 없고 대승적인 단합은 불가능한 것이다.

2) 악의 창고 같은 역사는 차라리 불살라 버려라

셋째, 우리의 자주, 주체 의식 부족이다.

파란 많은 역사를 보내는 동안 우리는 문화, 정치, 사회에서 '우리 것'을 잃었고 대신 '남의 것'을 우러르며 거기에 영합하는 민족으로 전락했다. 다만 남아 있는 '우리 것'은 한글, 곧 훈민정음밖에 다른 무엇이 있는가. 고려자기 등이 민족문화재로 남겨졌다지만 겨우 귀족들의 취미

에 그치고 있었을 뿐이고, 그나마 이것도 도중에 맥이 끊어졌으니 답답한 일이다. 우리는 조속히 우리의 철학을 창조해야 하고 독자적인 문화를 형성해 나가지 않으면 안 된다. 철학이나 문화는 국민의 길잡이가 되기 때문이다.

넷째, 경제 향상에 조금도 창의적인 의욕이 없었다는 것이다.

국민 여러분이 아시는 대로 우리가 잠자고 있는 동안 세계 각국은 자국의 경제 향상에 불을 켜고 달려들었고 눈부신 성과를 달성했다. 그 사이 우리는 무엇을 하였는가. 앉아서 기껏 새끼나 꼬고 있었을 뿐이 아니었던가. 경제생활의 주력은 단지 농업생산뿐이었다. '농사는 천하지대본(農者天下之大本)'이라 했지만, 그것도 먹기 위한 목적이 아니었다면 이것마저도 도중에 폐지되었을지 모르는 일이다. 국민성을 근본적으로 개조하여 경제 지상(至上) 관념에 매진할 수 없다면 우리가 목표하는 강력한 민족국가 건설은 공염불에 불과하다 하지 않을 수 없을 것이다.

이상과 같이 우리 민족사를 고찰하여 보면 참으로 한심할 수밖에 없다. 물론 세종대왕이나 이 충무공 같은 만고의 성군, 성웅도 계시지만 전체적으로 돌이켜보면 다만 막막할 따름이다.

우리가 진정 민족의 일대 중흥을 기하려면 무엇보다 이 역사를 새롭게 바꾸지 않으면 안 된다. 모든 악의 창고 같은 우리의 역사는 차라리 불살라 버려야 한다. 허술한 역사에 대한 막연한 미련이나 연륜 대신 대담한 새출발과 새로운 결의가 있어야 한다. 백 가지 이론보다 한 가지 실천이 더 중요하고, 즐거운 분열보다는 괴로운 단합이 있어야 하고, 남을 꺾느니보다는 도울 줄 알고 아낄 줄 알아야 하는 것이다. 슬기롭고 근면하며 견고한 의지가 없이는 우리의 새 역사는 결코 이루어질 수 없다. 이것은 당대의 사명을 짊어진, 우리의 의무인 것이다.

2. 붕당에서 공당公黨으로, 세대교체를 통한 새로운 정치풍토를

정치는 한 국가와 사회의 기초이자 그 결과이다. 이 정치가 먼저 올바른 위치를 잡지 못할 때 어떤 일이 벌어지는지는 우리의 역사나 구정권 시의 모든 부패와 무능을 통해 충분히 실감한 바 있다. 본바탕이 가난한 땅인데 어찌 거기에서 알찬 수확이 나올 수 있다는 말인가. 그러므로 새로운 정치풍토의 조성은 실로 국가의 기틀을 잡는 일차적 임무라 해도 과언이 아닌 것이다.

그러면 당면한 한국정치에 있어 새로운 풍토의 마련이란 무엇인가. 일체의 전근대적이고 봉건적인 요소를 털어 내고 체질의 개선, 세대교체 등이 그것이 될 것이다. 이를 위해 본인은 다음과 같이 몇 가지 소신을 피력하고자 한다.

첫째, 과거의 '사람 중심'에서 앞으로는 '이념 중심'으로 그 방향키를 돌려 잡는 것이다.

이제까지 정당과 정치활동은 이념 중심이 아니라 몇몇 특정 인물을 구심점으로 유지되던 집단이익 활동에 불과했던 것이 사실이다. 그 결과 정당이 긍정적인 '이념'과 '의식'의 연결체가 아닌 '감정'의 집단일 수밖에 없었다. 이러니 이름만 공당(公黨)이지 죄다 붕당(朋黨)으로 타락할 수밖에 없었던 것 아닌가.

붕당이란 국가나 민족을 위한 것이 아닌, 개인들의 이익에 얽매이는 영합체이다. 이런 붕당이 다른 당의 배척을 기본으로 삼는 것은 당연한 일이겠다. 그들은 외관상, 그리고 형식상으로는 일단 정당의 체제를 가장한다. 그러나 하는 일이란 순전히 자체의 이익에 대한 몰두다. 따라서 이들의 목표는 언제나 정권의 쟁취일 뿐이다. 이를 위해 수단과 방법을 가리지 않고 닥치는 대로 극한투쟁을 마치 정치인 것처럼 자행한다.

이들은 또한 정권 쟁취를 위해 국민들에게 이념을 밝히기보다 감언(甘言)과 선동을 무기로 삼는다. 우리가 '사람 중심'의 붕당으로부터 '이념 중심'의 공당으로 전환해야 하는 것도 그와 같은 '시커먼 속마음'을 사전에 방지하자는 데 일차적인 목적이 있는 것이다.

붕당이 '사람'과 '계보'와 '이해관계'의 결산이라면 공당은 '철학'과 '이념'과 '정책'을 기본으로 하고 그 구성원은 '실력'으로 선발한다. 붕당의 문이 편협하고 배타적인 데 비해 공당은 개방적이요 보편적인 이유는 그 때문이다. 또한 붕당은 대개 감정적이고 비타협적이며 파괴적이나, 공당은 이성적이고 상호 협력, 협조적이며 건설적이다. 당연히 붕당은 그 신진대사가 봉건적이고 계보적인 데 비해 공당은 진취적이며 능력 본위이다. 붕당은 그 운영이 비밀스럽고 음모적인 반면 공당은 공개적이며 양성적으로 활달하다.

공당과 붕당이 이처럼 확연히 다른데도 왜 우리는 붕당에 질질 끌

려다녔던 것일까. 그것은 그들이 거짓말을 하고 우리를 속였기 때문이다. 구 정객들은 하나같이 자기 당이야말로 천하 공당이라고 우리를 속였다. 이제 우리는 과연 어느 당이 공당이고 어느 당이 붕당인가를 판별할 수 있는 정치적인 안목을 길러야 할 것이다. 이 붕당의 타파와 공당의 육성, 바로 이것이 한국정치가 직면한 급선무이다.

둘째, 한국적인 새로운 지도이념의 확립이다.

우리 정치에서 가장 큰 애로사항은 지도이념의 결핍이다. 이제까지 우리 사회에 지도원리로서 군림해 온 것은 건전한 이념이 아니라 전근대적인 봉건사조와 사대적 의타관념의 두 가지 형태였다. 그러나 적어도 한 사회의 지도자가 되려면 자신의 인생관의 확립과 함께 지도이념에 신념을 가져야 한다. 특히 서구적인 민주주의의 직수입을 한국적인 체질에 어떻게 적용할 것인가의 문제는 애국의 이념과도 직결되는 사안이다. 그러므로 새로운 민족사회 건설에 있어 그 지도자는 먼저 자신의 이념 확립을 선결과제로 삼아야 할 것이다.

셋째, 세대교체에 관한 것이다. 정치적인 바탕이 마련되고 지도원리가 확립되었다 해도 결국 정치는 '사람'이 하는 것이다. 그러므로 이 '사람'의 사고와 행동이 제대로 갖추어지지 못하면 만사 헛일인 것이다. 우리는 이 '사람'을 얻기 위해 과감한 세대교체를 주장한다.

교체의 범위나 방법은 인사에 관한 문제인 이상 상당한 연구와 주의를 필요로 한다. 이를 위한 인위적인 방법으로는 집권세력의 강력한 지원과 퇴진 대상의 자진후퇴가 있겠다. 그리고 나서고자 하는 사람의 스스로에 대한 솔직하고 겸손한 태도인 자아겸양(謙讓)에 맡기는 수밖에 없다.

실제로 우리가 구사할 수 있는 방법은 인위적인 집행이다. 그러나 이 같은 방법은 불행하다. 가장 이상적인 방법은 오직 국민들의 자각으로 구 정치세력을 도태시키는 것이다. 그러나 현재 한국의 실정에서 봤을 때 이는 아직 이상론에 가깝다.

새로운 정치풍토의 확립을 위해서는 각 분야의 중견층과 시민의 대표 세력이 시대적인 신흥 세력으로 등장하여 이념 상, 정책 상, 사회 운용 상 전기를 마련하는 주인공이 되어야 한다. 이는 새로운 역사의 엄숙한 요청이요 국민의 진정한 바라는 바이다. 본인은 이 나라와 새로운 민족사회의 창건을 위하여 이와 같은 신세력의 진출을 크게 열망한다. 그렇게 해서 우리의 정치풍토에 다시는 전과 같은 독선, 부패, 무능이 빌붙지 못하게 만들고 분파와 파쟁을 정리하며 소영웅주의자와 이름을 팔아 행세하는 자들을 청소해야 한다. 아울러, 말 대신 실천하고 게으름 대신 성실하며 다투기보다 협조하며 파괴하기보다는 건설하는 미풍(美風)을 심지 않으면 안 된다. 이 맑고 산뜻한 새로운 사조는 민족제일주의, 경제우선주의를 바탕으로 하여 새로운 국가사회를 건설하는 영원하고도 줄기찬 신념이 되어야 한다.

3. 자립경제의 건설과 산업혁명

자립경제의 건설과 산업혁명의 성취 여부, 이는 혁명을 통한 민족국가의 대 개혁과 중흥의 성공 여부를 판가름하는 문제의 전부이며 그 관건이다.

1) 경제위기와 혁명의 목표

우리가 두 차례(4·19, 5·16)에 걸친 혁명을 겪은 까닭은 경제의 빈곤에서 온 것이며, 또한 이 경제사정을 개선하려는 국민의 절대적인 욕구 폭발 때문이었다. 그 상태로 계속 나가다가는 앉아서 굶어 죽거나 눈앞에서 국가의 파멸을 보지 않으면 안 될 위기였기 때문이었다. 개인생활이나 국민경제 그리고 국가산업은 비참한 형편에 있었고, 앞으로 나가는 대신 뒷걸음만 쳤으며, 그러다 보니 늘어나는 것은 고질적인 채무와 부담 외에 아무것도 없었다. 진정 그것은 '공백상태' 그 자체였다. 그 결과 부익부빈익빈의 현상이 나타나고 실업자의 홍수와 굶주림 등 이루 말할 수 없는 비극이 속출했다.

이 와중에도 기현상은 있었다. 건들건들 놀며 세월만 허비하는 노라리 풍을 타고 소비에만 힘쓴 결과 국제수지의 역조는 매년 증가했고, 연간 70만 명의 인구증가는 한국경제의 암담한 결말을 예고하였던 것이다.

그러나 이러한 상황이 1945년 이래 35억 달러, 휴전 후 25억 달러의 막대한 미국 원조를 받고 있으면서 나타난 현상이란 사실에 주목할 필요가 있다. 대체 그 많은 돈을 다 어찌하고 이 모양으로 살지 않으면 안 되었단 말인가. 미국의 원조를 받은 각 나라들이 저마다 자치와 부흥에 매진하고 있을 때 10대 수원국(受援國) 중 4위라는 한국만 유독 그 대열에서 이탈한 까닭은 대체 무엇이란 말인가. 우리는 알량한, 정말이지 몇 개 안 되는 공장에서마저 수입원료 등으로 인해 원조 의존도만 높여 놓았을 뿐이다. 농업국이면서도 매년 식량난에 허덕여야 했고, 막대한 달러 원조를 받았으면서도 항상 외환 부족에 시달려야 했다. 그나마 원조까지 없었더라면 대체 어떻게 했을 것이란 말인가.

1956년부터 1962년까지 7개년간의 원조 총액을 보면, 연평균 경제원조가 약 2억 8천만 달러, 군사원조가 약 2억 2천만 달러로 연평균 약 5억 달러가 된다. 바꿔 말하면 한국경제가 완전히 자립하자면 군사 면을 제외하고도 순 경제원조의 2억 8천만 달러에 구 정권 말기까지의 적자무역 수치인 연평균 5천만 달러를 합한 연평균 3억 3천만 달러의 돈을 더 벌지 않으면 안 된다는 계산이 나오는 것이다. 그렇게 된다 하더라도 그것은 겨우 현상 유지에 그치는 일이다. 가중되는 연평균 2.88퍼센트의 인구증가, 즉 72만 명의 압력은 또 어떻게 감당할 것인가. 원조를 받지 않고 적자무역을 메워 현재 수준에서 살기를 바라는 것만도 꿈 같은 이야기다. 거기에서 한 걸음 더 나가 우리의 힘만으로 경제를 재건하고 나라살림 운용을 기하는 것은 기적을 바라는 것과 다를 것이 없으리라.

그러므로 우리는 문제를 장래에 밀어 둘 여유가 없다. 막중한 경제사정을 어떻게 타개해 나갈 것인가 하는 문제가 항상 현재로 다가오는 것이다. 수많은 국민의 생활고를 덜어야 하고, 해마다 당하는 식량부족을 극복해야 하고, 일자리가 없어 놀고 있는 실업군을 해결해야 하는 것은 발등에 떨어진 불 그 자체가 아닐 수 없다.

그러나 앞으로 나아가지는 못할망정 후퇴할 수는 없다. 본인이 혁명을 결심한 동기나 나라의 그 딱한 상황에 대해서는 앞에서 자세히 설명한 바 있으므로 여기서는 생략한다. 그러나 5·16군사혁명의 핵심이 민족의 산업혁명에 있었다는 것만은 재차 강조하고 싶다. 물론 이 5·16혁명의 궁극적인 목표가 민족국가의 중흥인 이상 여기에는 정치혁명, 사회혁명, 문화혁명 등 각 분야에 대한 개혁이 다 포함되어 있으나, 그중에서도 본인은 경제혁명에 가장 중점을 두었다는 말이다. 일단 먹여 놓고, 살려 놓고서야 정치가 있고 사회가 있고 문화에도 여유가 생길 것이기 때문이다. 또한 이 경제부문에 희망이 없다면 다른 부문이 개혁되고 온전히 나갈 리 없다는 것도 당연한 말이겠다. 되풀이해서 강조하지만 이 경제재건 없이는 적을 이길 수도 없고 자주독립도 기약할 수 없다.

경제는 참으로 다루기가 어렵다. 지식만으로 혹은 열의만으로 되는 일이 아니다. 그렇다고 내버려 둘 수도 없는 일이 아니겠는가. 우리는 싸워서 이겨야 한다. 이 싸움에서 이기면 살고 지면 영영 죽는 도리밖에 없다. 5·16혁명이 '국민혁명'으로, 이 국민혁명이 다시 민족의 '산업혁명'으로 진전되어야 할 이유가 바로 여기에 있다.

이 같은 우리의 지상과업, 이 경제산업혁명은 무엇을 어떻게 하는 혁명인가. 한마디로 말해 이 난맥상의 경제를 완전한 궤도에 올려놓는 일이요, 국가경제를 현대화하는 것이라고 본인은 말하고 싶다.

2) 가다가 중지하면 아니 감만 못하다

본인은 이 목표를 위해 쏟을 수 있는 최대, 최고의 역량과 노력을 경주하였다. 제1차 경제개발 5개년계획을 수립하고 실천에 착수한 것이 그것이다. 울산의 공업도시화는 바로 이 계획과 실천의 상징이다. 본인은 행정력의 전부를 동원하여 이 경제 해결에 집약하고 싶었다. 할 수만 있다면 군정 기간 전부를 경제제일주의로 국정 전반을 진행하고 싶기까지 했다. 이같이 비장한 결의와 단호한 각오로 본인은 경제재건의 포문을 열었다. 앞에서 말한 바 있지만,

1. 농어촌의 고리채 정리
2. 제1차 경제개발 5개년계획 수립과 실시
3. 통화개혁
4. 울산공업센터 설치

5. 국토건설단 창설

6. 외자도입 태세의 강화

7. 예산회계제도의 개선

8. 세제개혁

9. 국민저축운동 전개

10. 금융체제 정비

11. 물가안정조치 강화

12. 대단위 탄광개발방식 채택

13. 중소기업 육성

14. 광업 개발·조성책 확립

15. 개간촉진법 공포

16. 외환정책 강화

17. 수출진흥책 확립

등이 세부적인 사업 내용이다. 이 외 기타 시책에 의한 혁명정부의 실적은 제2장에서 밝힌 바 있다.

혁명정부는 이와 병행, 경제제도의 개혁을 단행하고, 새로운 행정제도를 창안했으며, 경제외교를 강화하여 제도적인 면에서 급속한 경제성장을 이룩할 수 있는 기반을 마련하는 동시에 경제구조의 일대 개편을 실시하였다. 당연히 이는 경제의 성장과 발전을 위하여 취해진 조치들로, 그 성장률을 보면 아래 표와 같다.

부문	연도	규모(%)	비고
전력, 제조, 광업	1961	105.7	혁명 전(1960년)＝100%
	1962	123.5	

보는 바와 같이 혁명기간에 있어서도 1962년에는 1961년보다 17.8(＝123.5－105.7)포인트 증가를 나타내고 있다. 이는 그만큼 일할 수 있는 기틀이 잡혔다는 것이고 앞날의 발전을 예고하고 있는 것이라 믿어도 좋다는 얘기다. 특히 광업부문에 있어서는 18.7퍼센트라는 놀라운 성장을 달성했는데 실로 고무적이라 아니할 수 없다. 왜냐하면 광업은 우리가 외화를 획득할 수 있는 가장 유망한 창구이기 때문이다. 그리고 이상 각 부문을 다시 혁명이 나던 1960년 5월을 기준으로 보면 더욱 실감 나는 성장을 수치로 확인할 수 있다. 즉, 1962년 말 광업은 47.1퍼센트, 제조업은 26.1퍼센트, 전력은 23.6퍼센트씩 증가하여 총체적으로 29.4퍼센트의 증가를 보여 주었던 것이다.

그러나 호사다마(好事多魔)라더니, 이 같은 성장의 한편에는 돌연한 흉작이 있었다. 거기에 정치활동 금지를 해제한 후에 구 정객들의 공연한 시비로 정국마저 다시 혼란해졌다. 그 피해가 얼마나 심각하였던가는 이미 상술한 바 있다.

'가다가 중지하면 아니 감만 못하리'라고 했다. 우리는 '아니 갈 수' 없었다. 가야 한다는 민족의 명령이 우리에게 내려진 지는 이미 오래이기 때문이다. 의도적으로 전쟁 위협을 부풀리고 흉작이나 재해를 속마음으로는 반기면서 구 정객들은 집권에 혈안이 되었지만, 우리는 묵묵히 소임을 다했고 결코 멈추지 않았다. 사사로운 감정과 불만은 국가와 민족의 내일과 오늘의 난국 타개를 위해 마땅히 버려야 할 일이요, 누가 하든 우선은 참으며 협조하는 것이 정상적인 정치가, 아니 직업을 떠나 인간의 자세가 아니겠는가. 그러나 어둠 속에서 나고 자란 그들에게 그와 같은 모습을 바라는 것은 죄다 헛수고일 뿐 어리석은 일이었다. 우리의 비극은 바로 여기에도 있었던 것이다.

3) 피와 땀과 인내로 한강의 기적을

혁명 2년 동안 우리가 거둔 경제실적이 이와 같이 경이적인 것이라 하더라도 낙관하거나 만족할 수는 없는 일이다. 출발 두 걸음의 성과란 미래의 긴 여정에서 보면 실로 '큰 물고기에서 비늘 하나'에 불과한 것이기 때문이다.

본인은 여기서 비유 하나를 떠올려 본다. 우리가 지상목표로 삼아 진군하는 '자주경제'는 난공불락의 요새인 것이 분명하다. 여기에 비하면 나폴레옹이 넘은 눈 덮인 알프스는 차라리 조각배가 나다니는 호수가 아닐까. 그만큼 우리는 험한 길을 걷고 있는 것이다. 그만큼 험준한 장벽의 성을 차지하려는 것이다. 더구나 이제 뒤로는 물러설 수가 없다. 혁명에는 후퇴가 없는 법 아닌가. 그런데 여기 어찌 여·야가 있으며 찬반의 시비가 있을 것인가. 전 국민이 일치단결하여 최대한의 노력을, 최대한의 인내와 피와 땀을, 그리고 정열을 경주하는 곳에서만 보장되는 민족의 결실인 것이다. 교수는 좋은 이론을 제공하고, 정치가는 적절한 시책으로 국민을 계도하며, 학자는 민족 재생의 철학을 제시하며, 문화 예술인은 건설의욕을 고조시키고, 상공인은 각기 산업에 매진할 것이며, 농민·노동자는 땀을 흘리고, 학생은 검소한 기풍으로 새롭게 일신하고, 군은 천금의 중량처럼 늠름함을 갖추고, 모든 공무원은 진실한 봉사자가 되어야만 우리도 '한강의 기적'을 이룩할 수가 있는 것이다.

모두에게 공통이 되는 것을 정리해 말하자면, 검소 강건한 생활기풍을 확립하고, 소비생활을 저축생활로 전환하고, 헐뜯는 사고에서 서로 협력하고 화합하는 이념으로, '돈' 중심 사회에서 '사람' 중심, 원만하고 정의 있는 사회, 물질 위주의 관념에서 신용우선주의로 사회가 개혁되어야 한다는 것이다.

경제를 지상최고(至上最高)의 목표로!

건설을 최우선(最優先)의 순위로!

노동을 지고(至高)의 가치로!

이렇게 세 가지로 국민의 행동강령이 제고되어야 할 것이다.

나세르 혁명이 아스완 댐을 그 상징으로 하듯 우리의 5·16혁명은 울산공업센터와 제1차 경제개발 5개년계획을 그 상징으로 말할 수 있다. 어려운 일이 우리 앞에 기다리고 있을 것이다. 결코 만만찮은 큰 적수일 것이다. 그러나 우리는 진군을 시작했고 10년전쟁을 선언했다. 전쟁은 일선에서만 하는 것이 아니다. 후방의 뒷받침이 전쟁의 승패를 좌우하는 것이다. 전방의 1선은 생명을 걸고, 후방의 2선은 그만큼 지원에 힘써야 한다. 괴로울 것이다. 지치기도 할 것이다. 그러나 사활을 건 이 엄숙한 현실을 외면할 수는 없는 일이다. 제1차 경제개발 5개년계획 수행에 따른 국민의 괴로움도 이만저만이 아닐 것이다. 본인은 그것을 모르는 바 아니다. 우리 한국은 사람으로 치면 20대의 청년이다. '젊을 때 고생은 사서라도 한다'는 속담이 있다. 젊은 한국은 이만 한 고생은 사서라도 결실을 얻어야 한다. 가난하고 억눌려 온 지난날, 우리는 곧잘 고생을 참아 왔다. 평생토록 고생을 지속할 것인가, 아니면 오늘 좀 더 고생을 자원하여 후일의 안락을 기할 것인가. 답은 저절로 나올 것이다.

고생이 되더라도 제1차 5개년계획에 이어지는 제2차, 3차 5개년계획을 수행하지 않으면 후일의 안락은 없다. 자손들을 위해 고생의 유산을 남겨 줄 수는 없는 일이다. 고생하자. 10년만 참자. 그러고 나면 우리는 전후 독일의 '라인 강의 기적'도, '진무(神武, 신무) 이래 최대 호경기'라는 일본의 1950년대도 부럽지 않을 것이다. 남들은 다 하는데 우리만 못 할 까닭이 없지 않은가.

더구나 우리에게 경제재건의 기회는 이번밖에 없다. '쇠는 달았을 때 때리라'고 했다. 그렇다. 이 경제재건의 기운이 달아올랐을 때 우리는 기꺼이 망치를 들어야 한다. 미국의 원조가 줄어들거나 끊기기 전에 우리는 우리가 먹고 입고 살 수 있는 환경을 만들어 놓아야 한다. 아니, 미국의 원조가 계속되는 동안에도 할 수만 있다면 이룩해 놓지 않으면 안 되는 것이 경제재건인 것이다. '어려울 것이다', '우리 형편에…' 따위의 망념부터 버려야 한다. 소극적이고 회의적이고 자포자기하는 전통은 버릴 때가 이미 지났다. 하면 되는 것이다. 태산도 결국 하늘 아래 산일 뿐이다. 우리는 먼저 이 '신념'부터 확고히 해야 한다.

여기 좋은 본보기가 있다. 이스라엘의 기적이 그것이다. 국민 여러분도 아시다시피 이 나라는 산도 들도 초목도 하천도 없는 막막한 사막이다. 그러나 이 사막에 경이로운 근대도시가 들어서고 이상적인 농토가 마련되었다면 무슨 생각이 드는가. 충격일 것이다. 그러나 생각해 보자. 우리를 이스라엘과 비교해 보자. 알맞은 기후, 비옥한 농토, 적당한 자원, 거기에다 아직도 얼마든지 개간할 수 있는 땅과 물이 있다. 이만 한 조건을 갖추고도 우리가 원시적인 초가에서 살지 않으면 안 되고 된장, 고추로만 부식을 삼으며 살지 않으면 안 되는 까닭이 무엇인가.

물론 외세로 인해 피곤한 이유도 있고, 정치가 잘못된 까닭도 없지 않았으며, 돈이 없고 기술이 없고 물자가 없다는 여러 원인이 없는 것은 아니다. 그러나 진짜 중요한 이유는 국민의 '마음가짐', 바로 이것이 크게 잘못되었다는 것을 부정할 사람이 어디 있겠는가. 결심으로 가득 차고 투지가 넘치는 향상의 몸부림이 이제껏 없었거니와 지금도 희박하다는 사실이 가장 큰 원인인 것이다.

올바른 역사적 방향으로 향하여 나아가는 일은 이제라도 늦지 않았다. 그것은 배를 곯고 빚을 져 가면서도 자유라는 이름으로 사치와 허영에 몰두하는 머리를 돌리는 일이다. 공장의 굴뚝이 하품만 하고 있어도 나는 국회의원만 되면 그만이라는 따위의 마음을 깨끗이 씻는 일이다. 애인만 만나면 택시를 타야 하고 값비싼 식당에 들어가야 한다는 허식을 일체 털어 버려야 하는 일이다. 소를 팔아서라도 대학을 다녀야 한다는 빗나간 학구열을 삼가는 일이다.

땀을 흘려라!
돌아가는 기계 소리를
노래로 듣고

이등객차에
불란서 시집을 읽는
소녀야
나는, 고운
네
손이 밉더라.

우리는 일을 해야 한다. 고운 손으로는 살 수 없다. 고운 손아, 너로 말미암아 우리는 그만큼 못살게 되었고 빼앗기고 살아 왔다. 소녀의 손이 고운 것은 미울 리 없겠지만 전체 국민의 1퍼센트 내외의 저 특권 지배층의 손을 보았는가. 고운 손은 우리의 적이다. 보드라운 손결이 얼마나 우리의 마음을 할퀴고 살을 앗아 갔는가. 우리는 이제 그러한 정객에 대하여 증오의 탄환을 발사해 주자. 그들이 우리를 부리는 기회를 다시는, 그리고 영원히 주지 말자. 이러한 자각, 이러한 결의, 이러한 실천이 있는 곳에서 비로소 경제도 재건되고 정치도 정화되고 문화도 발전하고 사회도 건전해지고 종교도 승화되는 것이다. 이런 것 없이 우리가 기적을, 발전을 바랄 수 없는 것이 아니겠는가.

'피와 땀과 눈물을 흘리자!'

기름으로 밝히는 등불은 오래가지 못한다. '피'와 '땀'과 '눈물'로 밝히는 등불만이 우리 민족의 시계(視界)를 올바르게 밝혀 줄 것이다.

4. 5·16의 성격과 방향, 그리고 이상理想 혁명

본인은 이제 이 작은 책의 끝을 맺으면서 5·16혁명의 성격과 그 방향 및 이것이 민주주의적 현실과 어떤 관계에 있는가에 관해 언급하고자 한다.

그런데 여기서 먼저 규명해야 할 것은 이 5·16혁명의 성격, 형태 그리고 방향에 관한 문제다.

1) 이상 혁명과 조용한 개혁

당초 5·16혁명은 순수한 군사혁명이었다. 그래서 이 혁명은 성격이 명확했고 그 목표에 있어서도 한계를 분명히 할 수 있었다. 그때 본인이 지향했던 '희망과 목표'는 셋으로 요약할 수 있다. 혁명공약에 천명되어 있는 바와 같이,

첫째, 모든 부패와 구악을 일소하고 어지러워진 국민들의 도덕, 문화와 민족정기를 바로잡아 민족국가를 재건할 수 있는 새로운 터전을 마련하고,

둘째, 형식적이고 구호에만 그친 반공 태세를 재정비, 강화하여 긴박

한 적색 위기를 막아 내는 동시에 절망과 기아선상에서 허덕이는 민생고를 시급히 해결하고 국가 자주경제 재건에 총력 태세를 갖추되,

셋째, 이와 같은 기초작업이 성취되면 참신하고 양심적인 정치인에게 언제든지 정권을 이양하고 군 본연의 임무에 복귀한다는 것이었다.

5·16혁명의 특수성과 그 의의는 바로 여기에 있다. 우리는 본디 군이 아니고서는 도저히 할 수 없는, 절박한 위기에서 민족과 국가를 구출하고 마지막까지 군 본연의 위치를 벗어나지 않으려 했던 것이다. 그래서 우리는 단 한 사람도 다치지 않도록 했고, 혁명 적대세력에 대해서도 거의 무관심했으며, 다만 우리의 해야 할 일만 하면 그만이라는 소박한 심정이었다.

물론 혁명의 책임자로서 본인은 내 자신의 신념이기도 한 몇 가지 '혁명 지도 원칙'은 가지고 있었다.

첫째, 혁명은 하되 적대세력에 대한 혁명적 수단을 통한 처리를 피하고 어디까지나 법질서의 범위 내에서 이를 순리적으로 조정하자는 것이었는데, 이는 과거 우리 역사에서 숱하게 나타났던 잔인한 보복성 정치를 저주한 까닭으로 다시는 이를 되풀이하지 않기 위해서였고,

둘째, 혁명은 하되 그것은 어디까지나 민주주의적 원칙을 견지하자는 것으로 반만년 만에 처음 얻은 국민의 민주주의를 죽여서는 안 된다는 것이며,

셋째, 이같이 피를 흘리지 않고 민주주의의 원칙을 유지하면서 혁명을 국민의 자각과 지성과 결의에 준하여 수행해 보자는 것이었다.

본인은 내 자신이 택한 이 같은 방식의 혁명이 얼마나 힘든 과정인지 혁명 이전부터 예상하고 있었다. 혁명의 반대세력을 혁명적 수단을 통해 철저히 소탕하는 것이 혁명의 공식적인 효과를 빨리 볼 수 있다는 것은 삼척동자도 알고 있는 사실이다. 그러나 본인은 그것이 힘든 역정임을 충분히 알면서도 순리적이고 이상적인 혁명을 스스로 선택했다. 그리고 이를 실현함으로써 다시는 이 나라에 몸서리쳐지는 보복성 정치의 비극이 없도록 역사적 매듭을 지어 보자는 것이 본인의 절실한 염원이었다.

이 같은 원칙에 의거하여 본인은 구 정치인에 대한 정치활동 금지를 전면 해제, 허용하는 동시에, 혁명을 계승할 수 있는 참신하고도 양심적인 신 정치세력이 대두해 주기를 진심으로 갈망하였다. 나라를 망친 구 정치인들에게도 이 역사적 전환기의 중대성을 감안하여 자숙하거나 민족적인 혁명과업에 진심으로 협조해 줄 것을 믿어 의심치 않았다.

그러나 그들의 정치활동 재개 이후, 정국은 본인의 기대와는 전혀 다른 방향으로 흘러갔다. 보자면,

첫째, 그들은 거의 모두 조금의 자숙과 반성의 빛도 없었을 뿐만 아니라 외려 구태 그대로의 언행으로 정국의 전면적 혼란을 일으켰고,

둘째, 혁명과업에 대한 협조는커녕 모조리 적대세력으로 돌아서서 혁명의 파괴와 정국의 불안, 그리고 사회적 혼란을 야기하여 위기의 조성으로 정권을 찬탈, 오로지 옛날로의 회귀를 시도하는가 하면,

셋째, 이들의 방약무인한 언동은 점차 정점에 달하면서 이제는 대담

하게 정면으로 혁명 자체를 부인하는 태도를 공공연히 표출한 것이었다.

그들의 망동에 따른 사태의 결말은 자명한 것이었다. 정권을 이양받을 참신하고 양심적인 신 정치세력의 대두는 물 건너가고, 혁명에 대한 계승은 차치하고 근본적으로 혁명 자체가 말살당하는 한편, 두 차례의 혁명을 겪은 한국은 조만간 그 이전의 상태, 아니 그 이상의 최악으로 되돌아간다는 귀결이었다.

사태가 이 지경에 이르자 본인은 제2단계의 혁명을 결심하지 않을 수 없었다. 혁명이 말살되고 참신한 새 세력의 등장이 봉쇄당하고 구악의 전시장 같은 집단에 정권을 물려준다면

> 대체 혁명은 무엇 때문에, 누구를 위해 한 것이며 또한 이 나라 이 민족은 어떻게 될 것인가

라는 심각한 질문에 맞닥뜨리게 된 것이다.

여기서 본인은 나 자신에 대한 평판을 떠나, 두 차례의 혁명을 없었던 일로 돌리고 조국과 민족을 또 다시 구악에 넘겨준다는 것은 민족과 국가에 대한 일종의 반역이라는 결론에 도달하게 되었다. 무슨 수를 쓰더라도 이 위기만큼은 저지해야만 했다.

이를 막는 길에는 두 가지 방법이 있었다. 그 하나는 혁명적 수단을 통한 방법이며 다른 하나는 민주주의 원칙에 의해 국민의 의사 판단에 맡기는 길이었다.

사실 이 시기의 본인은 원하기만 한다면, 그리고 그것이 국가 민족을 위한 길이라는 확신만 선다면 무엇이든 할 수 있는 힘과 권력을 가지고 있었다. 그러나 본인은 이 제2단계 혁명의 방법으로 민주주의의 원칙을 선택했다. 이것은 조용하고 이상적인 혁명으로, 국민이 납득할 수 있는 정국이 조성될 때까지 혁명정부의 존속 여부를 국민투표에 붙이기로 결심한 것이다.

국민투표 이야기가 나오기가 무섭게 구 정치인들은 전면적인 반대를 외치며 쏟아져 나왔다. 그들의 이러한 반대는 말로는 민주주의를 외치지만 실상은 스스로 민주주의를 거역하고 국민의 존재를 우습게 보는 자가당착의 행동이었다. 국민투표를 반대하는 그들의 2단계 논법은 이런 식이었다. 국민투표를 실시하면 틀림없이 혁명정부의 존속이 지지를 받을 것인데, 이유는 투표가 부정으로 진행될 것이기 때문이라는 얘기였다. 도둑이 제 발 저리다고 해야 하나, 정말이지 참으로 어이없는 논리가 아닐 수 없다. 그들은 자신들의 특기였던 '부정투표, 투표 필승'의 가설을 혁명정부에 적용하려 든 것이다. 그들의 속내는 단순했다. 그들은 정권만 쥐면 그만이었고 그것을 위해서라면 논리도, 명분도 필요 없었다. 그들은 오로지 자신들이 주장하는 방법에 따라야만 자유와 권리가 확보된다고 우겼다. 그들은 이른바 극한투쟁이라는 것을 전개하며 미국에 추파를 던지는 일까지 서슴지 않았다. 대통령후보라는 사람들이 미국 대사관 앞에서 데모를 하다가 경찰이 불법집회라 제지하자 '산책을 했을 뿐'이라는 궤변까지 늘어놓은 것이다. 국민 여러분도 잘 아는

'산책소동'이다. 구 정치인들이 한다는 행동이 이런 지경이었다.

여기서 본인은 부득이 제3의 단계를 고려하지 않을 수 없었다. 국민투표의 결과를 떠나 그들의 투쟁이 민생에 끼칠 사회적, 정치적 혼란의 중대성을 우려한 까닭이다.

실제로 이즈음 혁명의 적대세력들은 경제문제와 필사적으로 씨름하고 있는 혁명정부의 발목을 잡고 늘어졌고 식량 위기, 물가 불안을 조장하고 선동하고 있었다. 본인의 고민은 바로 여기에 있었다. 두 차례의 혁명을 없었던 일로 돌리고 몸서리쳐지는 옛날로 돌아가야 하느냐, 아니면 궤도에 올라선 바퀴를 굴려 혁명의 가도를 달릴 것이냐. 이는 나의 고민을 넘어 전 국민의 고민일 것이라 생각된다. 군 본연의 위치로 돌아가려던 애초의 바람은 외부 조건에 의해 접을 수밖에 없었다. 혁명의 의의를 유지하기 위해서 우리는 우리 스스로 정국의 담당 세력이 되어야 하는 상황에 처한 것이다.

우리는 중남미처럼 혁명의 '복놀이'를 하고 있는 게 아니다. 본인은 그 무슨 조치든 원하는 수단을 강구할 수 있었고 실제로 그러한 위치에 있었다. 그러나 본인은 또다시 혁명적 방법을 택하는 대신 이상(理想) 혁명의 길을 선택했다. 혁명을 계승할 신 정치세력의 등장은 요원한 상태에서 혁명추진파와 혁명반대파가 확연하게 대립된 이상, 이 양자택일의 최후 판단은 마땅히 국민이 해야 맞는 것이다.

구 정객들은 혁명과업의 실패를 소리 높여 선동하고 있지만, 우리는 세계 혁명사에 전례가 없는 평화적인 이상혁명을 추진하고 있다. 최근의 중남미, 동남아, 중근동, 아프리카, 그리고 또 이전의 온갖 혁명사를 보라. 우리처럼 신사적인 혁명이 또 어디에 있었던가. 앞에서 살펴본 바와 같이 모든 혁명은 피와 살과 뼈를 도려내는 유혈투쟁이었으며 적에 대한 무자비한 탄압, 그리고 섬멸적 투쟁으로써 결실을 맺었다. 대체 우리처럼 혁명의 적대세력을 대등한 위치로 대접하고 순리와 자유경쟁의 원칙에 따라 혁명의 결실을 시도한 예가 세계 혁명사의 그 어느 대목에 있었는가 말이다.

혁명과 한 민족의 재건은 결코 싼 값에 얻어질 수 없는 것이다. 그래서 우리는 그 길이 아무리 험난하고 어렵더라도 이 민주주의적 이상혁명을 국민의 의사에 따라 완수하고자 한다. 그럼으로써 민족의 우수성을 과시하고 당쟁과 유혈과 보복으로 점철된 역사적 유산을 청산해야 할 것이다.

2) 희망찬 사회를 위한 역사적 선택은 국민의 손에

혁명을 혁명적 방법 대신 민주주의적 이상혁명에서 택한 우리들의 고민은 이 혁명과 민주주의적 체제와의 조절, 그리고 둘의 병립에 있었다.

한국에 있어서의 민주주의는 오늘의 미국이나 프랑스나 영국에 있어서의 민주주의와 맞지 않는다는 것은 이미 모든 지식인들이 공인하는 바이다. 너저분한 이론을 내세울 것도 없이 진정한 민주주의는 무엇보다 건전한 경제적 토대 위에서만 확립될 수 있다. 그러나 우리의 경우 건전한 경제적 토대는커녕 오직 생사의 기로에서 허덕이는 경제적 파탄과 정치와 경제와의 부정 거래, 국민 개인들 사이의 빈부격차, 도시와 농촌 사이의 격심한 생활 격차로 불균형이 절정인 '절름발이' 경제 위에 고민하고 있지 않았던가.

또한 건실한 민주주의는 국민 일반의 일정한 수준의 지식과 민도(民度)의 반영이라야 한다. 그런데 우리의 경우 민주주의는 일부 한정된 지식층의 전매특허이거나 직업 정상배의 생활 밑천이 되어 왜곡된 민주주의에 불과했다. 그 결과 이에 환멸을 느낀 국민들에게 혐오감만 주거나 혹은 불평의 배출구로만 오용되고 있었다.

건전한 경제적 바탕, 균등한 국민의 지식수준, 이성적 언동에 바탕한 건전한 정치적 전통이 있는 사회라면 본인이 택한 민주주의적 이상 혁명은 훨씬 쉽고 진도가 빠를지 모른다. 그러나 동시에 진정한 민주주의의 길 또한 이러한 힘든 역정을 거쳐야 비로소 이룩된다는 것 역시 명심해야 할 사회진화 법칙이다.

그런 까닭으로 우리는 지금 두 가지 난관과 마주하고 있다. 혁명도 완수해야 하고 민주주의도 키워 나가야 한다는 것이 그것이다. 그러면 최후의 심판자는 누구인가. 두말 할 것 없이 전체 국민이다. 본인이 이제껏 없었던 공명선거를 통하여 제3공화국을 세워 보려는 절실한 충정이 바로 여기에 있다.

이제 국민 여러분은 혁명의 추진세력과 혁명의 반대세력, 구세력과 신세력을 앞에 놓고, 희망과 의욕이 넘치는 참신한 사회로 가는 길이 어느 쪽인지를 선택해야 한다. 1963년 10월 11일, 우리 국민이 내려야 할 판단은 안으로 국가와 민족의 운명을 판가름할 것이며 밖으로는 어제까지의 한국을 닫고 새로운 한국의 문을 여느냐 닫느냐 하는 역사적 기점이 될 것이다.

5. 조국의 미래를 그리다

이상에서 본인은 혁명의 책임자로서 혁명의 전후 상황과 우리가 달성한 과업, 그리고 그 밖에 혁명과 관련된 제반 문제들을 살펴봤다. 이 모든 것을 바탕으로 삼아 우리가 세우려 하는 조국의 미래상은 어떤 것이어야 하는지 검토해 보자.

정치 분야

첫째, 국민의 정치 과열을 정상화하는 것이다. 이를 위해 직업정치가와 각 사회계층을 대표하는 인사로써 정치사회를 구성하여 정치의 권위를 확보하고,

둘째, 구 정치인을 2선으로 물러나게 하고 새 역사 창조에 원동력이 될 신세력 중견층의 등장을 지원한다. 그 이유는 망국의 요인이던 붕당의 출현을 막고 전근대적인 모든 정치악을 예방하며 확고한 주체성을 견지하여 전진하는 역량을 만들어 내기 위함에서이다. 이렇게 하지 않고서는 창의가 있을 수 없고, 새 기풍이 조성될 수 없다.

셋째, 반공, 경제지상주의의 공통 이념 하에 비판의 자유가 보장되는 양당제의 실현이다.

넷째, 왜곡된 정당관과 기회주의를 지양함으로써 정부, 의회, 정당의 책임과 한계를 분명히 하고,

다섯째, 영합과 아부가 없는 확고한 지도원리 하의 교도(敎導) 정치와, 선동과 과장, 위선, 이설(利說) 등의 속임수가 없는 진실, 정직, 성실로써 국민을 따라오게 하는 정치 기풍의 확립을 기한다.

경제 분야

경제를 최우선하고 정치 과열을 지양한다는 목표 하에, 가정에서부터 사회 각 부문에 이르기까지 경제재건 의식을 제고하여 검소하고 내핍하며 절약 저축하는 생활을 확립한다. 또한 방관, 안일, 나태, 불로(不勞), 사치를 철저히 배격하고 노동을 신성시하며, 지금까지 도시로 집중되었던 모든 관심을 농촌, 어촌, 광산 지구로 돌리고, 금력, 권력 위주의 경제관을 노동, 성실, 신용 위주의 경제관으로 바꾸어 서민 중산층의 확대와 국민경제 재건에 새로운 활력소가 되도록 한다.

문화·사회 분야

봉건적 전근대성과 맹목적인 사대관념을 철저히 배격하고 외래사조의 장점만을 수용하여 우리 민족의 고유성, 전통, 주체의식을 토대로 새로운 문화관을 확립한다. 이렇게 새로운 사회풍토를 만들어 '우리의 것'을 견지하게 되면 우리 스스로 우리를 자랑스럽게 생각하게 될 것이다. 자아 상실, 민족 혐오, 실속은 없고 겉만 화려한 허례허식, 기생주의를

일소하고 자립갱생의 기상을 드높인다. 거짓과 불신과 의심이 없고 정직과 신용과 상호부조하는 기풍을 환기하여 새로운 국민성을 조성해야 한다.

이렇게 함으로써 우리는 안으로 우리 식대로의 복지사회를 건설할 수 있고, 같은 동포로서 온정사회를 만들 수 있으며, 각자 자기 분야에 열중하여 분업의 장점을 최대한 발휘하고, 그 결집된 민족 역량을 한데 모아 신한국의 새로운 면모를 갖추게 될 것이다. 또한 밖으로는 비굴하지 않고 허약하지 않은 떳떳한 주권국민으로서 먼 나라와 교류하고 가까운 나라와는 친하게 지내는 원교근친(遠交近親)의 정책으로 해외에 진출하여야 할 것이다.

본인은 여기서 본인이 구상하고 희망하는 금후의 국민 행동강령으로서 다음 6개 사항을 제의한다.

혁명 완수

전진하자

경제 건설

노동하자

민족 단결

실천하자.

6. 친애하는 국민 여러분께 드리는 말씀

본인은 이쯤에서 이야기를 마치려 한다.

원래 이 글은 하나의 완성된 책자로 출판할 것을 목적으로 집필한 것도 아니고, 또 국민 여러분들이 아시다시피 본인에게는 그만 한 시간적 여유도 없었다. 다만, 혁명 이전 구 정권 말기로부터 5·16 당시 한강을 건너 오늘에 이르기까지 그동안 본인이 느낀 분노와 결단, 그리고 소회를 잠시의 휴식시간에 몇 자 적어 둔 것이 모이고 모여 이 책자가 되었을 뿐이다.

본인은 혁명의 책임자로서 언제나 여러분과 같이 있고 같이 생각하고 같이 행동해야 하지만, 혁명이라는 특수 여건으로 본인의 평소 생각과는 달리 대중과 자주 접촉할 수 있는 기회와 시간을 얻을 수 없었다. 그런 이유로 이 책자의 출판을 통하여 국민 여러분께 호소도 하고 이해도 얻고 싶은 생각이 조금은 있었다는 것을 솔직히 말씀드린다.

본인은 문필가나 직업적인 정치가가 아니다. 그래서 서투른 문장과 내용 역시 그 흐름이 능란하지 못한 상태로 책자를 만들게 되었으나 이는 다만 국민 여러분과 함께 있고, 말하고, 걱정하고, 같이 일하고 싶은 욕심이 앞선 까닭이었다는 것을 널리 이해해 주시기 바란다.

나의 진정한 호소

친애하는 국민 여러분께 호소한다. 혁명정부의 종반을 맞아 본인이 국민 여러분께 드리고 싶은 말씀이 어찌 한두 가지랴만, 제3공화국의 밝은 그날을 위해 본인은 기도하는 마음으로 국민 여러분께 몇 가지를 당부하고자 한다.

첫째, 이 혁명만은 무슨 한이 있더라도 지키고 발전시켜 승화시켜야 한다는 것이다.

오늘 이때까지 때로 순수한 민중혁명이 없었던 것은 아니나, 하나도 성공을 보지 못하고 싸늘하게 식어 갔던 것이 우리 역사다. 멀리는 홍경래의 난이며 동학농민운동과 갑신정변에서부터 가까이는 3·1운동이나 4·19혁명에 이르기까지, 그 어떤 몸부림이 제대로 열매 맺은 일이 있었던가. 이 중 단 하나라도 온전히 결실을 맺었더라면 우리 민족이 겪어야 했던 비극의 시간은 그만큼 단축되었을 것이다. 그러나 안타깝게도 모두가 악에 되말려 정의는 끝내 숨지고 악은 더욱 시퍼래져 왔으니 참으로 불운한 역사요 저주받은 국운이었다.

그러나 이번 5·16군사혁명은 이 같은 우리의 역사에서 처음으로 찾아낸 성공이다. 이는 4·19혁명의 연장으로 이미 국민혁명으로 승화되고 있다. 이 혁명을 놓치고 잡는 것은 바로 국민 여러분이다. 국운을 알거든 모두들 이 대열에 나서기를 기원하고 당부한다.

친애하는 국민 여러분께 호소한다. 혁명정부는 4·19혁명을 가로챈

무리들로부터 국권을 되찾고 사라지는 자주정신과 숨넘어가는 경제에 생기를 돋우어 국민 여러분께 다시 돌려드렸다. 우리의 1차 임무는 이것으로 다한 셈이다. 그러나 오늘 이후의 역사와 민족국가의 운명은 여러분의 판단과 결의에 달렸다. 후퇴하여 과거로 돌아가거나, 혹은 혁신으로 전진하거나, 모두 여러분의 양식에 달렸다.

금을 손에 쥐고도 돌이라 내버리면 그걸로 그 일은 끝나는 것이다. 잘사는 나라와 못사는 나라의 차이는 간단하다. 금을 금으로 알았다는 것과 금을 돌로밖에 보지 못하였다는 것의 차이다. 5·16혁명을 혁명으로 받아들이거나 버리거나, 그 양자택일에서 우리의 사활은 결정되는 것이다. 수도 없이 속아 온 탓에 남의 이야기를 잘 믿지 않게 되었지만 그 믿지 않았던 일 중 믿어서 좋은 일이 과연 하나도 없었던가. 있었을 것이다. 돌아보면, 지나고 나면 그 진짜와 가짜는 반드시 드러나기 마련이다. 그러나 그때는 이미 늦다. 버린 금이 되는 것이다.

둘째, '순수한 민중의 마음'으로 되돌아가 주기를 부탁드린다.

해방과 함께 급격히 밀려온 구미식 사조로 인해 우리의 생활은 어지럽고 혼란스럽게 변하고 말았다. 지리산 산골짜기 농부의 생활마저 정치와 결부되고, 공익 대신 부정한 이익을 노리는 모리배와 직결된 끝에 순수했던 한국의 정서는 사라지고 찾아볼 길이 없게 된 것이다. 한 사발의 막걸리에 양심을 팔고 표를 팔았다. 그리고 그 대가로 된통 욕을 본 것도 한두 번이 아니었다. 이렇듯 착한 여러분을 야박한 세상에 적응하게 만들고, 그 야박한 세상에서 살기 위해 여러분을 더욱 야박한 사람으로 변하게 만든 그들은 누구였는가. 또다시 그들에게 속을 수는 없다. 이러한 무리들을 다시 국정에 발붙이게 하고 안 하고는 오직 여러분들의 의사에 달렸다.

우리 민족은 참 건망증도 많다. 그러나 이번 제3공화국의 수립에 있어서만은 그래서는 안 된다. 건망증과 목숨을 맞바꿀 수는 없지 않은가. 혁명으로 밀려난 부패한 구 정치세력들은 최후의 힘을 짜내 파괴적인 선동으로 달려들 것이다. 그들은 혁명이 일어난 후 우리가 더 못살게 되었다는 쪽으로 선동의 화살을 퍼부을 것이다. 그러나 정확히 해두어야 할 것이 있다. 우리는 그저 못하는 것이 아니다. 못살기는 여전히 못살아도 과거 저들이 정치를 독점하던 그때하고는 차원을 달리하고 있다는 것을 알아야 한다. 저들이 부정하여 내리 해먹는 바람에 우리가 못살았지만 지금 우리는 집안 살림을 늘리느라고 고생을 하고 있는 것이니까 말이다. 더구나 뜻하지 않은 흉작과 풍수해는 우리에게 많은 시련을 주었다. 운이 따르지 않았을 뿐 저들처럼 못된 정치의 여파로 우리가 못사는 게 아니다.

물론 앞으로도 많은 고통이 우리를 힘들게 할 것이다. 본인이 앞에서 각국의 혁명 추진에 따른 고통에 대해 이야기한 것 역시 우리의 인내를 강조하기 위함이었다. 우리가 제1차 5개년계획이라는 고생을 사서 하는 까닭도 더 큰 고통을 사전에 방지하고자 하는 것임을 국민 여러분은 이미 이해하고 있다고 믿고 싶다.

고난을 이기지 못하는 민족은 그것으로 끝이 나고 만다. 이것은 역사가 증명해 온 바 그대로이다. 반대로 이를 극복하고 넘어선 민족은 어떤가. 이집트가 어떠하며, 일본이 어떠하며, 중국이 어떠하며, 터키가 어떠한가. 고난은 실로 그 민족으로 하여금 영광을 주는 교환대였던 것이다. 그러므로 소극적인 안락보다 우리는 적극적인 고난을 스스로 구하고 감수해야 한다.

좋은 약은 입에 쓰다 하지 않았던가. 우리는 희망이 있는 고난을 찾고 또 그것을 참는 데 있어 어린이가 되어서는 안 되겠다. 건국 20년이면 어엿한 청년이다. 당연히 지각과 판단력을 갖추어야 할 것이다. 부정과 간계를 박차고 여러분은 여러분의 권리를 스스로 지키는 일에 과감해야 할 것이다. 그렇지 않고는 정치고 경제고 민주주의고 모조리 절망하던 옛날로 되돌아가고 말 것이라는 사실을 명심해야 할 것이다.

지나온 길 그리고 나의 갈 길

경상북도 선산군, 이곳이 본인이 태어난 곳이다. 20여 년간의 군대생활, 그리고 소년 시절에도 본인은 자립에 가까운 생활을 배워 왔다. 그만큼 가난하였기 때문이다. 그것은 본인에게 큰 도움이 되었다. 그 환경이 본인으로 하여금 깨우쳐 준 바 많았고, 결의를 굳게 하여 주기도 하였다. 이 같은 '가난'은 본인의 스승이자 은인이다. 그렇기 때문에 본인의 24시간은 이 스승, 이 은인과 관련 있는 일에서 떠날 수가 없는 것이다. '소박하고, 근면하고, 정직하고, 성실한 서민사회가 바탕이 된, 자주독립된 한국의 창건'. 그것이 본인의 소망의 전부다. 동시에 이것은 본인의 생리인 것이다. 본인이 특권계층, 파벌적 계보를 부정하고 군림 사회를 증오하는 소이(所以)도 여기에 있을 것이라 생각된다. 본인은, 한마디로 말해서 서민 속에서 나고, 자라고, 일하고, 그리하여 그 서민의 인정(人情) 속에서 생이 끝나기를 염원한다.

진정, 꾸밈없이 말해서 그렇다. 주지육림의 부패 특권 사회를 보고 참을 수 없어서 거사한 5·16혁명은 그러한 본인의 소원이 성취된 것에 불과하다.

그러나 본인은 이 소원의 전부를 이룩하지 못한 채 민정(民政)으로 넘기게 되었다. 그러나 본인과 같은, '가난'이라는 스승 밑에서 배운 수백만의 동문이 건재하고 있는 이상, 결코 쉴 수도 없고, 후퇴할 수도 없는 '염원'인 것이다.

국가와 민족과 혁명과, 많은 가난한 사람의 편에 서서 일하여 온 본인으로서 갈 길은 있을 것이다. 그러나, 그 길은 국민 제위(諸位)가 지시하는 길이어야 할 것은 물론이다. 왜냐하면, 군정(軍政)을 끝내고 본인으로서는 그것이 마지막으로 남은 의무이기 때문이다.

끝까지 읽어 주셔서 감사합니다.

저자 박정희

박정희 전집 07

평설 **국가와 민족과 나**

1판 1쇄 발행일 | 2017년 11월 14일
1판 2쇄 인쇄일 | 2021년 11월 10일

지은이 | 박정희
풀어쓴이 | 남정욱
엮은이 | 박정희 탄생 100돌 기념사업 추진위원회
펴낸이 | 안병훈
펴낸곳 | 도서출판 기파랑
디자인 | 디자인54
등록 | 2004. 12. 27 | 제 300-2004-204호
주소 | 서울특별시 종로구 대학로8길 56(동숭동 1-49) 동숭빌딩 301호
전화 | 02-763-8996(편집부) 02-3288-0077(영업마케팅부)
팩스 | 02-763-8936
이메일 | info@guiparang.com
홈페이지 | www.guiparang.com

ISBN 978-89-6523-668-6 04810
ISBN 978-89-6523-665-8 04080(세트)